光文社文庫

文庫書下ろし／長編時代小説

一撃

隠密船頭（五）

稲葉 稔

光 文 社

この作品は光文社文庫のために書下ろされました。

『一撃』 目次

小石川
白山
伝通院
神明宮
中山道
駒込
水戸
徳川家
春日町
水道橋
千駄木
駒込追分
加賀
前田家
本郷
道灌山
日暮里
霊雲寺
湯島天神
神田大明神
明神下
池之端仲町
不忍池
弁天
下谷広小路
外神田
東叡山
寛永寺
根岸
谷中
下谷金杉町
御徒町
向柳原
三味線堀
広徳寺
幡随院
下谷竜泉寺町
元鳥越町
甚内橋
鳥越川
阿部川町
新吉原
新堀川
御蔵前
片町代地
東本願寺
日本堤
千住大橋
首尾の松
御米蔵
御蔵前通り
御蔵前
浅草寺
田原町
西仲町
材木町
並木町
浅草広小路
雷門
奥山
浅草
小塚原
山谷町
新鳥越町
新鳥越橋
駒形町
御厩河岸之渡し
浅草駒形堂
竹町之渡し
中之郷竹町
花川戸町
吾妻橋
日光道中
山谷堀
今戸橋
今戸町
浅草橋場町
揚場
白鬚之渡し
中之郷瓦町
源森川
小梅村
竹屋之渡し
三囲稲荷
長命寺
向島墨堤
木母寺
隅田村
須崎村
寺島村
北割下水
業平橋
小梅村
天神橋
押上村
亀戸天神

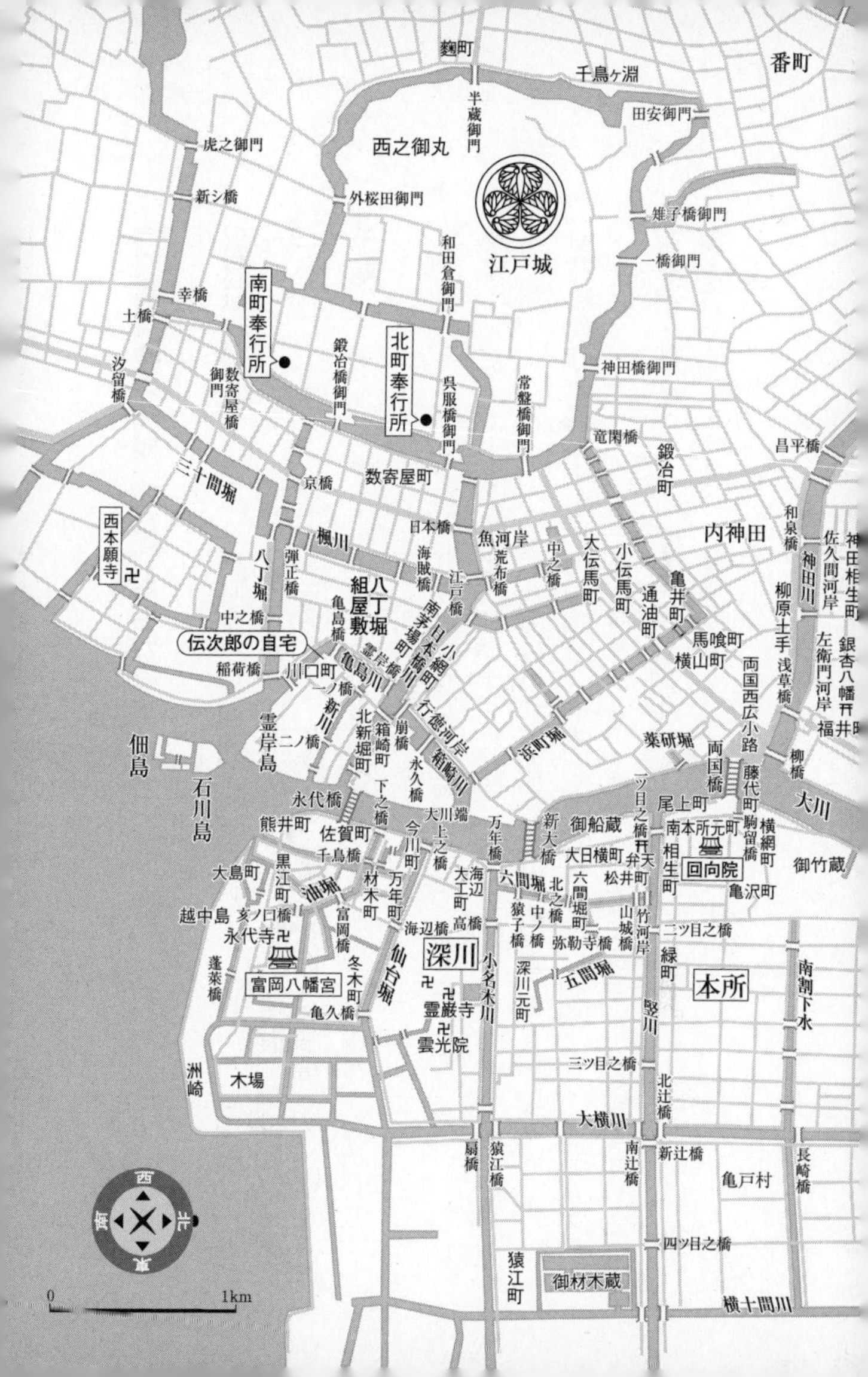

麹町
番町
千鳥ヶ淵
半蔵御門
田安御門
虎之御門
西之御丸
新シ橋
外桜田御門
雉子橋御門
和田倉御門
江戸城
一橋御門
南町奉行所
幸橋
土橋
北町奉行所
鍛冶橋御門
汐留橋
数寄屋橋御門
呉服橋御門
神田橋御門
常盤橋御門
竜閑橋
鍛冶町
昌平橋
三十間堀
京橋
数寄屋町
西本願寺
日本橋
楓川
魚河岸
内神田
和泉橋
佐久間河岸
神田相生町
荒布橋
中之橋
大伝馬町
小伝馬町
神田川
八丁堀
弾正橋
海賊橋
八丁堀組屋敷
江戸橋
亀井町
通油町
柳原土手
左衛門河岸
中之橋
亀島橋
南茅場町
日本橋川
小網町
馬喰町
横山町
銀杏八幡
伝次郎の自宅
霊岸橋
浅草橋
稲荷橋
川口町
亀島川
両国西広小路
一ノ橋
行徳河岸
福井
新川
北新堀町
箱崎町
崩橋
浜町堀
薬研堀
霊岸島
二ノ橋
箱崎川
両国橋
柳橋
佃島
藤代町
永久橋
石川島
永代橋
大川端
一ツ目之橋
大川
下之橋
尾上町
今川町
万年橋
新大橋
御船蔵
南本所元町
駒留橋
横網町
熊井町
佐賀町
上之橋
相生町
御竹蔵
千鳥橋
大日横町
弁天
回向院
大島町
黒江町
海辺大工町
六間堀
松井町
亀沢町
油堀
材木町
万年町
北之橋
六間堀町
越中島
亥ノ口橋
高橋
猿子橋
中ノ橋
山城橋
竹河岸
海辺橋
二ツ目之橋
永代寺
富岡橋
弥勒寺橋
深川
小名木川
深川元町
蓬莱橋
冬木町
五間堀
緑町
仙台堀
本所
富岡八幡宮
南割下水
亀久橋
霊巌寺
竪川
雲光院
洲崎
木場
三ツ目之橋
北辻橋
大横川
扇橋
猿江橋
南辻橋
新辻橋
亀戸村
長崎橋
西
北
東
南
四ツ目之橋
猿江町
御材木蔵
0
1km
横十間川

『一撃　隠密船頭（五）』おもな登場人物

沢村伝次郎……南町奉行所の元定町廻り同心。一時、同心をやめ、生計のために船頭となっていたが、奉行の筒井和泉守政憲に呼ばれ、奉行の「隠密」として命を受けている。

千草……伝次郎の妻。伝次郎の奉行所復帰を機に、新造として川口町の屋敷へ移る。

与茂七……町方となった伝次郎の下働きをしている小者。

粂吉……伝次郎が手先に使っている小者。元は先輩同心・酒井彦九郎の小者だが、伝次郎の手先をしている。

筒井和泉守政憲……南町奉行。名奉行と呼ばれる。

須永宗一郎……もと下総国生実藩藩士。船頭となっていた伝次郎に声をかけ、「隠密」として探索などを命じている。

須永友……須永の妻。

一撃　隠密船頭（五）

第一章　惨殺事件

一

それは、一月ほど前に起きた事件だった。

佐谷紹之助《さたにしようのすけ》は入婿《いりむこ》で当主の座にあり、下勘定所《しもかんじようしよ》に勤仕《きんし》していた。いわゆる勘定衆のひとりであるが、役儀《やくぎ》は伺方《うかがいかた》の証文調方《しようもんしらべかた》だった。仕事は代官所の書類や預所《あずかりどころ》諸伺書類の整理及び保管である。言うなれば閑職――。俸禄《ほうろく》は年四十一人扶持《ぶち》。贅沢《ぜいたく》は言えぬし、仕官《しかん》も危うい御家人《ごけにん》から幕臣《ばくしん》になれ、しかもお目見《めみえ》以上の旗本《はたもと》になれたのだから、養子となって出世したようなものだ。

しかし、問題があった。

佐谷家には隠居した義父の三郎右衛門《さぶろうえもん》、義母のたえ、紹之助の妻・せん、その妹・まん、下女のおきりがいて、その者らを養わなければならない。

薄給の俸禄では内証《ないしょう》は苦しく、常に質素倹約である。それなのに、家族が増えた。

義父・三郎右衛門の弟・与右衛門《よえもん》が戻ってきたのだ。

大きな問題は、この与右衛門である。

与右衛門は佐谷家の部屋住みであったが、運良く旗本の榊原《さかきばら》家の養子に入り、人間万事塞翁《ばんじさいおう》が馬《うま》といったところだった。

しかし、与右衛門の妻はご面相褒《めんそうほ》められた女ではなく、病気こそしないが貧弱な体をしていた。そんな妻に与右衛門は悪口雑言《あっこうぞうごん》を吐き、ついで酒乱の癖が強くなった。

それも榊原家は無役の寄合《よりあい》旗本なので、仕事がない。仕官《しかん》すべく猟官《りょうかん》運動でもすればよいが、与右衛門はただただ榊原家の家禄を蝕《むしば》むだけの貧乏神と化した。

酒を飲んでは暴れ、妻を罵《ののし》り、あげく義父母にも八つ当たりをし、結果、勘当《かんどう》を申しわたされ榊原家から追い出された。

結句《けっく》、行くところがないから実家の佐谷家に戻ってきたのだ。しかし、当主は紹之助という養子で御家人上がりだ。

面白くない。

しかも紹之助は兄の三郎右衛門と馬が合うらしく、碁を打ち合ったり、釣りに出掛けたりと仲がよい。紹之助は何かあると、

「お義父上《ちちうえ》、今日は天気がようございまする。釣りにでも出掛けませぬか」

と、誘いかける。

三郎右衛門は隠居の身で暇を持て余しているから、相好《そうごう》を崩して、

「さようだな。ならば行ってみようか」

と、腰をあげる。

夜になれば釣った魚をさばき、酒の肴《さかな》にして楽しく笑いあう。

出戻りの与右衛門は面白くない。

金壺眼《かなつぼまなこ》をぎろりと光らせ、黙りこくったまま酒を口に運ぶ。さらに気に食わな

いのが、紹之助がおべっか使いということだ。とくに義姉・たえ（紹之助の義母）に対するご機嫌取りは腹に据えかねるものがあった。

そんなこんなで鬱屈《うっくつ》した精神が爆発するのに時間はかからなかった。

ある日の夕餉《ゆうげ》でたまりにたまった鬱憤《うっぷん》を晴らすように、持っていた盃を投げつけ、兄の三郎右衛門、当主の紹之助に食ってかかった。

悪口雑言を吐きまくり、高足膳《たかあしぜん》をひっくり返し、煙草盆《たばこぼん》を投げて唐紙《からかみ》の襖障子をメチャクチャにした。

むろん紹之助も黙っていない。なにせ六尺（約一八二センチ）はある偉丈夫《いじょうふ》で、与右衛門より十五も若い二十七歳だから膂力《りょりょく》もある。悪態を吐《つ》きつづける与右衛門をあっさり押さえ込み、後ろ手に縛りつけたのだ。それでも与右衛門は暴言を吐きながら抗《あらが》いつづけた。

これを見た兄の三郎右衛門は、こやつ気が狂ったか、このままでは家名の恥、きつい灸を据《す》え、頭を冷やさせなければならないと、与右衛門を柱に縛りつけると、急いで座敷牢を設《しつら》えて、そこへ押し込んだのである。

しかし、与右衛門の口から反省の弁など出なかった。口が利《き》けなくなったように沈黙を保ち、食事を運ぶ紹之助の妻や妹のまん、あるいは下女のおきりを無言のまま、射殺すような金壺眼でにらみつけるのみだった。

「叔父上《おじうえ》、そろそろお義父上に謝られたらいかがです。いつまでも意地を張るのはいかがなものかと思いまするが……」

紹之助が気配りを見せても、与右衛門は恨みがましい目でにらみつけるだけだった。

座敷牢に入っている間、与右衛門の怒りの矛先《ほこさき》が変わるのに刻《とき》は要しなかった。

その矛先は食事を運ぶ女たちだ。聞こえないと思っているのか、閉《た》ててある襖《ふすま》の向こうから自分の悪口をさんざんのたまい、声をひそめて笑うのだ。

与右衛門は思った。

(あの女どもは許せぬ)

その対象者は、兄・三郎右衛門の妻・たえ。紹之助の妻・せん。その妹のまん。

さらに、下女のおきりも小馬鹿にしたことを口にした。

与右衛門にとって、たえは義姉である。

せんとまんは、姪《めい》である。幼い頃は「叔父様、叔父様」と言って懐《なつ》いてきた。その可愛らしさに与右衛門は頬をゆるめ、部屋住みの身でありながら、飴や大福を買ってやり、チョウチョウを捕ってやり、花を摘《つ》んでもやった。

それなのになんと憎らしくなったものだと、ぎりぎりと奥歯を噛んで口を利かずに堪《た》えた。

じつは、与右衛門は、兄・三郎右衛門が痺れを切らして、座敷牢から出してくれるのを待っていたのだ。

しかし、二日たっても三日たっても出してくれなかった。女たちはときに、食事を持ってこないこともあった。

「叔父様は朝餉《あさげ》をたんと召しあがったので、お昼はいらないわよ」

姪のせんである。紹之助の妻だ。

「そうね。はたらきもしないし、じっとしているだけだものね。おきり、昼餉はわたしたちだけでいただきましょう」

答えたのは姪のまんである。そして、下女のおきりまで、

「与右衛門様は食が細くていらっしゃいますからね」

と、同意するのだった。

（そこまでおれを蔑《さげす》むとは。そこまでおれを蔑《ないがし》ろにするとは……）

与右衛門の怒りは日増しに募り、ついに惨劇の日が訪れるのだった。

二

その日、当主の紹之助は非番で朝から与右衛門の兄である隠居の三郎右衛門と釣りの話をしていた。そして話が決まり、二人は揃ってイサキを釣りに行こうと鉄砲《てっぽう》洲《ず》へ出かけていった。

屋敷に残った女四人は、当主と隠居が出かけたので、

「わたしたちもどこかへ出かけましょうよ」

与右衛門の義姉にあたるたえが提案した。

「そうですね。今日はすっかり天気がよろしいし、家に籠《こ》もっているのはもったいのうございます」

姪のせんがすぐに同意し、

「でしたら浅草西福寺《あさくささいふくじ》の躑躅《つつじ》はいかがでしょう。もうそれは見頃だと、昨日聞いた

ばかりです」

と、まんが言う。

西福寺は佐谷家の菩提寺《ぼだいじ》で、壮麗《そうれい》な躑躅の庭園があった。

「西福寺の躑躅は見事ですよ。ついでにお墓参りもしてきましょう」

たえが嬉々《きき》とした声音《こわね》で言うと、女たちはそれからほどなくして屋敷を出て行った。

（おれの飯は……）

座敷牢に残されている与右衛門は、腹のなかでつぶやき、抑え込んでいた怒りの炎をその双眸《そうぼう》に燃え立たせた。

女どもは昼まで戻ってこないだろう。いや、ややもすれば夕方まで戻ってこないかもしれない。つまり、今日も昼餉にはありつけないということである。

「おのれ、おのれ……」

与右衛門は怨念のようなつぶやきを漏らすと、しんと静まっている家のなかに耳を澄ました。

庭で鶯《うぐいす》が鳴いている。

ホー、ホケキョ、ホケキョ、ホケキョ……。

清らかなさえずりだろうが、与右衛門には煩《わずら》わしい鳴き声にしか聞こえなかった。

「よしッ」

気合いのような声を発した与右衛門は、すっくと立ちあがると、座敷牢の格子《こうし》に体あたりをした。簡易な牢格子なので、二度、三度と体あたりをかますと、格子はゆがみ、四度目にねじれて壊れた。

「くそッ……」

ずかずかと表座敷に歩み出て家のなかを睨《ね》めまわすと、今度は奥の間に行き、自分の刀掛けに手をやり、大小を腰に差した。

そのまま縁側に座り、暇を潰《つぶ》し、昼になると、小腹が空いたので台所に行き、飯《めし》櫃《びつ》を両膝に挟み込み、見つけた漬物と冷めた味噌汁をおかずにして、まるで犬のようにむさぼり食った。

案《あん》の定《じょう》、女どもは昼を過ぎても戻ってこなかった。

日はゆっくり西にまわり込み、屋根をすべり降り、縁側の障子に射す日の光が長くなった。

女どものかしましい声が聞こえたのは、おそらく七つ（午後四時）を過ぎた頃であったろうか。

その声が門から庭へ、庭から玄関へと近づいてくる。

与右衛門は座敷牢の間に入り、襖を閉《た》て、右手で抜き身の刀を持ち、静かに待った。

「与右衛門叔父様のお昼を忘れていましたね」

まんがそんなことを言った。

「あら、そうだったわね。すっかりあの方のことを失念していましたわ」

たえが言えば、他の女たちが悪びれるでもなく、くすくすと小馬鹿にしたような笑い声を漏らした。

「寝ておいでかもしれないわね。どれ、わたしが様子を……」

たえがそう言って座敷にあがってきた。畳を擦《す》る足袋《たび》の音が近づく。

与右衛門は血走った金壺眼をカッと見開いた。

さっと襖が開けられた。たえと目が合った。顔が驚きに変わったその瞬間、与右衛門は片膝を立てながら、たえを逆袈裟《ぎやくげさ》に斬りあげた。

その一刀はたえの胸を断ち斬り、顎《あご》を斬り砕いていた。たえが短い悲鳴を漏らしたとき、迸《ほとばし》る血が唐紙に散った。

与右衛門は倒れたたえをまたぎ、廊下にあがってきた他の女たちを見た。みんな揃ったように凝然《ぎようぜん》としていたが、与右衛門の尋常でない形相《ぎようそう》を見るなり、顔色を変え、すでに息絶えているたえを見て悲鳴を発した。

だが、女たちは恐怖のあまり逃げるのを忘れているのか、蛇ににらまれた蛙のごとくその場を動けなかった。

与右衛門は血刀を提《さ》げたまま近づくと、蒼白《そうはく》な顔で立っているせんを斬り、逃げようとしたまんの背中に一太刀《ひとたち》浴びせた。

下女のおきりは、わなわなと唇をふるわせ、台所のほうへ逃げようとしたが、足がふるえているのでうまく逃げることができない。

与右衛門はずいと近づくと、袈裟懸《けさが》けにバッサリと斬り捨てた。

呼吸が乱れていた。両肩を激しく動かし、ぎらつく目で血の海となっている廊下を眺め、よろよろと庭に出た。

日の光がまぶしかった。新緑が目にしみた。そして、鶯のさえずり。

「ざまあみやがれ……」

刀に血ぶるいをかけると、再び家のなかに戻り、血で汚れた着物を着替え、有り金を漁《あさ》り、家宝の刀をつかみ、悠々と屋敷をあとにした。

三

約一月後――。

江戸は梅雨の時季を迎えようとしていた。郊外の水田には七、八寸に育った早苗《さなえ》が植えられ、燕《つばめ》が飛び交っていた。その燕も八丁堀《はっちょうぼり》界隈でよく見られるようになり、軒先に巣を作って生まれた雛《ひな》を育てはじめている。

京橋《きょうばし》から白魚橋《しらうお》へ下ったあたりから、稲荷《いなり》橋あたりまでの堀を八丁堀と呼ぶが、ときに土地の者は桜川《さくらがわ》と呼ぶこともある。

その昔、掘削された堀川沿いに桜が植えられたというのが所以《ゆえん》らしいが、いまはその木を見ることはない。代わりに柳が青々とした新緑の長い枝葉を風にそよがせている。

八丁堀の下流に稲荷橋《いなりばし》があり、本八丁堀《ほんはっちょうぼり》五丁目と南八丁堀五丁目を繋《つな》いでいる。

その北詰《づめ》、高橋《たかはし》のそばに真新しい小料理屋があった。

看板に「桜川」と書かれている。真っ白い戸口の障子が、午後の光を受けてまぶしく照り映えていた。

カラコロカラコロと小気味よい下駄音をさせ、小さな籠《かご》を提げてきた千草《ちぐさ》は、さっと戸を開いて店のなかに入った。

ふうと、ひと息つき、小上がりに腰を下ろして、うっすらとにじんだ額の汗を押さえた。

「さあ、やらなくっちゃ……」

自分に気合いを入れるようにつぶやくと、ぽんと膝をたたいて前垂れをつけ、手際よく赤い襷《たすき》を掛けて板場に入った。

仕入れてきた野菜類を籠から出して洗うと、適当に切って漬物樽に入れる。蕪《かぶ》に牛蒡《ごぼう》、胡瓜《きゅうり》だった。

ゼンマイや椎茸《しいたけ》もあるが、こっちは天麩羅《てんぷら》用である。蕗《ふき》は油炒めにする。あとは筍《たけのこ》をゆがいて、あくを抜き、煮物に使ったり、筍ご飯にする。

そんな仕事をてきぱきとやる千草の顔は輝いている。楽しくて仕方ない。うっかり鼻歌まで出そうになる。

開店して間もないが、客の入りは上々で評判もいい。沢村伝次郎《さわむらでんじろう》という夫がいるが、千草は所帯崩れしていないし、三十過ぎの年増《としま》にしては器量もよい、立ち姿もよく、おまけに客あしらいが上手だ。

以前、深川《ふかがわ》で〈ちぐさ〉という飯屋をやっていたが、この店もほとんど造りが同じだった。だからその延長線で仕事をしているようで違和感がなかった。

「女将《おかみ》さん、魚屋ですが」

ぬっと、開け放した戸口にあらわれたのは、定吉《さだきち》という棒手振《ぼてふ》りだった。

「今日は何がいいかしら？」

「イサキにキビナゴ、小ぶりですが鰹《かつお》もありまっせ」

定吉は天秤棒を肩からおろし、魚の入った盤台《ばんだい》を足許《あしもと》に置いた。

「鰹、いいわね。小さくてもたたきにすればいいものね」

「それじゃ、何本いきます？」

定吉は嬉々《きき》とした顔を向ける。

「二本いただいておこうかしら。さばいてくれる？」

「おまかせあれ。ちょちょいのちょいでさ」

定吉は調子よく言って、早速、鰹を取り出してさばきにかかった。活きのいい鰹は、抗うようにその身を動かして、俎板《まないた》に載せられたが、定吉の手によってさばかれていった。

「あんた、若そうだけど、おかみさんはいるんでしょ」

「へえ、おこまという女がひとりいます。まあ二人は養いきれませんから、女房はひとりで十分でございやすよ」

冗談を飛ばしながら、定吉は仕事に精を出す。

「いくつ？」

「あっしですか。あっしは二十四です。女房は十九で腹にやや子を抱えてんです」

「それじゃ、もうすぐ父親になるのね」

「まあ、生まれてくるのは今年の暮れあたりじゃねえでしょうか」

「楽しみだわね」

「ひとり養い口が増えるんで、その分稼がなきゃなりません」

そんなとりとめのない話をしている間に、鰹がさばかれた。

「さあ、あと五十回だ」

沢村伝次郎は庭で住み込みの与茂七《よもしち》に稽古をつけていた。

「ええー、まだ五十回も……」

諸肌脱《もろはだ》ぎになって竹刀《しない》を持っている与茂七の呼吸は乱れていた。剝《む》き出しの肌にも顔にも大量の汗をかいている。

「仕上げだ。なんだ、もうへこたれたのか」

「いえ、やります、やりますよ」

与茂七は目を厳しくして、大きく息を吸って吐くと、素振りを開始した。

伝次郎はその様子を黙って見る。

「ほれ、腰がふらついているぞ、もっとしっかり足を出して振れ。そんなへっぴり腰でどうする」

「もうしんどいんですよ」

「文句を言うな。文句を言う元気があるなら、気合いを入れて振れ」

叱られた与茂七は、口をむんと引き結んで必死に素振りをする。

「それ、あと五回だ。ひい、ふう、みい、よう。よし」

与茂七は素振りを終えるなり、そのまま四つん這《ば》いになって、背中を波打たせて呼吸を整えた。

「与茂七、汗を拭いたら、湯屋に行くか、それとも井戸端で汗を流すか？」

「井戸端でいいです。湯屋に行く力はもうないです」

「だらしないやつだ」

伝次郎は憎まれ口をたたいて、座敷に戻った。

川口町《かわぐちちよう》の自宅屋敷は、南町奉行の筒井《つつい》和泉守《いずみのかみ》政憲《まさのり》がひそかに手をまわして伝次郎に貸し与えたのだった。もちろん家賃はない。

伝次郎は竹刀を座敷に置いて、暮れかけてきた表を眺めた。与茂七が井戸端で水を被《かぶ》っているらしく、その音が聞こえてきた。

鶯の声がどこからともなく聞こえてきて、ときどき庭を切るように飛んでいく燕の姿を見る。これから暑い夏を迎えるが、まだ過ごしやすい陽気だった。

このところ暇である。筒井奉行からの呼び出しもない。それだけ、厄介《やっかい》な事件がないということだろう。

しかし、家に籠もってなにもせず、知らせを待つことには気が引けるものがある。

伝次郎はわけあって、一度町奉行所を致仕《ちし》した男である。

いわゆる浪人の身になったのだ。暮らしを立てるために数年の間、船頭仕事をしていたが、突如、奉行の筒井に呼ばれ、再び町奉行所の役儀《やくぎ》をこなすことになった。

しかしながら正式に町奉行所同心《どうしん》に返り咲くことは難しいので、奉行の直属の家来である内与力《うちよりき》並みの扱いを受けている。

いわば同心から与力への出世ではあるが、これは筒井が奉行に収まっている間だけのことだ。だから、再び役目を解かれることになる。それが一年先か二年先になるかはわからぬことだ。

だが、伝次郎は先々のことを気にする男ではない。与えられた役目を忠実に果たすだけだ。それでよいと割り切っている。

「旦那、今夜もおかみさんの店に行くんですか？」

与茂七が土間に入ってきた。水を使ったせいか、さっぱりした顔をしていた。おかみさんというのは、千草のことだ。

「そうだな。おまえと二人だけの夕餉はつまらぬからな」

「つまらぬは余計でしょう。で、どうすんです?」

「まあ、行って軽くやって帰ってこよう」

伝次郎は酒を飲む仕草をしながら口許をゆるめた。いきおい、与茂七の相好《そうごう》が崩れる。

四

日が翳《かげ》りはじめた暮れ六つ(午後六時)過ぎに伝次郎は、こざっぱりした単衣《ひとえ》に着替えた与茂七を連れて自宅屋敷を出た。

日は沈みはじめているが、表はまだあかるかった。町屋《まちや》のどこかの庭木に止まっているらしい鶯がさえずりをあげていた。

自宅からほどない亀島橋まで行くと、伝次郎は足を止めて、橋のすぐそばに舫《もや》っている自分の猪牙舟《ちょきぶね》を眺めた。このところ暇なので、手入れは怠《おこた》っていない。猪牙舟はゆるい流れを受けながら小さく揺れていた。

川面が、橋の上に立つ伝次郎と与茂七の姿と翳りゆく空を映していた。

二人はそのまま橋をわたり、日比谷《ひびや》河岸沿いに歩き、本八丁堀の外れにある千草の店の前まで来た。開け放されている店の戸から、楽しそうな笑い声が漏れている。

すでに客が来ているようだ。

「あら、お疲れ様です」

伝次郎と与茂七が暖簾《のれん》をかき分けて店に入ると、ひとりの客に酌をしていた千草が振り返った。客は他に二人いた。いずれも近所に住む職人ふうだ。

「仕事が暇だから疲れてはおらぬが、まあつけてもらおうか」

伝次郎は隅《すみ》の小上がりに腰を据えて言う。

「おれは少々疲れていますよ」

与茂七が短く言う。伝次郎の視線を受けると、すぐに言葉を足した。

「なにせ旦那にたっぷりしごかれましたからね」

「口の悪いやつだ。しごいたのではない、稽古をつけてやったのだ。少しはありがたく思え」

「ま、そうですが……」

与茂七がひょいと首をすくめると、千草がやってきて、

「筍ご飯があります。あとで出してあげますからね。それから鰹のたたき、召しあがりますか？」

「ほう、それは嬉しい。もらおう」

千草が板場に引っ込むと、与茂七が声を低めて言う。

「旦那、おかみさん、ずいぶんサマになっているじゃないですか。まだ、この店を出して間もないっていうのに」

「深川でも店をやっていたからな。さあ、やれ」

伝次郎は与茂七に酌をしてやった。与茂七もすぐに酌を返す。

土間席にいる客は会話が弾んでおり、楽しそうに笑っては酒を飲んでいる。どうやら大工のようで、その日の普請場《ふしんば》で起きたことを話していた。

「おかみさんが、この店を出してから、なんだかいつもうまいものが食えます。おれは果報者《かほうもの》ですね」

「与茂七、ただ酒ただ食いと思っているのではなかろうな。お代はちゃんと払うの

だ。それを忘れるな」

「わかっていますよ。月晦日《みそか》にはきっちりお支払いしますから。でも、この頃暇なんですね。旦那はいつも家にいる」

「そんなときもあるのだ。忙しければいいというものではない。暇だというのは、それだけ世の中が平穏だということなのだ」

「そうでしょうが、おれも助《すけ》仕事をしたいですから……」

与茂七は日傭取《ひようと》りに出ていたが、心を入れ替え一心に仕えるからと頭を下げ、伝次郎の手先になっていた。腕っ節は強いが、まだ危ない仕事はまかせられない。伝次郎はことが起きたとしても、連絡《つなぎ》役と見張り役ぐらいにしか使わないようにしている。

「旦那、今度は技を少し教えてくださいよ。素振りはやりますが、足のさばきはもうだいぶ出来てきたでしょう。組太刀《くみだち》とかやってみたいな」

与茂七は箸を竹刀に見立てて右面、左面と撃つ真似をする。剣術にのめり込みそうになっているからだ。おそらく試合でもしたいと強く思っているはずだ。そのことは手に取るように伝次郎にはわかる。

「まずは基本をしっかり覚えてからだ。焦らぬことだ。いずれ、適当な相手を見つけて試合をさせてやる」

「ほんとうですか？」

与茂七は目を輝かせる。

「そのうちだ」

早くやってみたいと与茂七は繰り返す。

そんな話をしている間に、千草は板場と客席を行き来しながら、客の冗談に付き合ったり、苦言を呈したりする。苦言といっても本気ではないし、客もわかっているらしく、笑顔で応じている。

しかし、千草には姐御《あねご》肌の一面があり、道理や人の道に外れたことを言う客には厳しい態度で応じる。まだ、そんな客はいないようだが、客商売をつづけていれば、必ずそんな状況に直面する。

それにしても、店で立ちはたらく千草は水を得た魚のように生き生きしている。

（やはり、店を持たせてよかったか……）

内心でにやりとする伝次郎である。

筒井奉行に呼び戻され、思いもよらぬ厚遇を受けるようになってからしばらくは、千草は武士の妻らしく慎《つつ》ましく家を守り、家事に追われていたが、物足りなさを感じていたはずだ。言葉にも態度にも出さなかったが、伝次郎は気づいていた。

そんな千草がずいぶん思い悩んだ末に、新たに店を出したいと伝次郎に相談したのはつい先月のことだった。伝次郎は躊躇《ためら》いもなく、その申し出を許した。

そのときの千草の喜ぶ笑顔は、いまでも脳裏に焼きついている。

鰹のたたきを肴に与茂七と四合の酒を飲むと、筍飯をもらって腹を満たした。

「おかみさん、この飯も鰹もむちゃくちゃうまかったです。ああー満足満足。おれは幸せ者だ」

与茂七は腹をさすりながら言う。

「そう言ってもらえると嬉しいわ。作った甲斐《かい》があったわ。さ、お茶」

千草が茶を出してくれた。

伝次郎と与茂七はそれを飲んでから店を出た。

入れ替わりに店に入った客が二人いたので、なかなかの繁盛ぶりだと、伝次郎は安堵《あんど》する。

五

その客が入ってきたのは、千草がそろそろ店を閉めようと思っていた矢先だった。

最後の客がひとり静かに酒を飲んでいて、もうそれも終わりだとわかっていた。

その客は近所のご隠居で日に二合の酒を飲んで、思い出したように訥々《とつとつ》と話をする。

それも若い頃の思い出話で、ご隠居が裸一貫で店を立ち上げたという出世談だった。

千草が店を閉めようと思ったのは、今夜もその話に一区切りがついたときだった。

「よいか」

新たに入ってきたのは侍の客で、なんだか断れない雰囲気をその身に包んでいた。

「店は五つ（午後八時）までですが、それでもよければ」

「ずいぶん早く閉めるのだな。まあよかろう。酒をつけてくれ。いや、待て、冷やでよい」

客はそう言うと、ご隠居のそばに腰を下ろし、腰の大小を抜いて作法どおり自分の右側に置いた。

「肴を……なんでもよい。ちょいとつまめるやつでよい」

千草が大きめのぐい呑みに酒をついで運ぶと、侍は注文をした。

「お漬物か筍の煮物でしたら、すぐにお出しできますが……」

「筍でよい」

千草が小鉢に盛った筍の煮物を運んでいくと、

「女将さん、今日も美味《おい》しゅうございましたよ。また明日だ」

と、言ってご隠居が帰っていった。

千草はご隠居を送り出すついでに、掛行灯《かけあんどん》の火を消した。

侍は何か考え事をしているらしく無言のまま酒を嘗《な》めるように飲み、筍をつまんでいた。千草は片付けをしながらときどきその侍を見た。身なりは悪くないが、無《ぶ》精《しょう》ひげで月代《さかやき》も伸びていたし、髷《まげ》も少し乱れていた。

年は三十前後だろうか。曰《いわ》くありげで、ときどき悩ましげに首をかしげたり、

「うーむ」とうなったりもした。

「女将、もう一杯所望《しょもう》したいがよいか」

「ええ、かまいませんよ」

千草はこれで帰るだろうと考え、冷や酒のお替わりを受けた。その酒を持っていくと、

「この店は長いのか？」

「いえ、先月の終わりに出したばかりです」

「さようか、すると一月ぐらいということか。つかぬことを訊《たず》ねるが……」

侍がまっすぐ見てきた。鼻梁《びりょう》が高く整った顔立ちだった。

「何でございましょう」

「うむ、そこの橋をわたった先に町屋があるな。この春先に小さな火事が起きた町だ」

「それなら鉄砲洲本湊町《ほんみなとちょう》ですね」

一月の末に木戸番小屋から火が出て、町の三分の一が燃えていた。大火にならずにすんだと胸を撫で下ろしていたが、被害にあった商家や長屋はまだ立ち直っていなかった。さいわいだったのは、死人や怪我人が出なかったことだ。

「松坂屋《まつざか》という瀬戸物屋があったのを知っておるか？」

「わたしは行ったことはありませんが、瀬戸物屋が燃えたというのは聞いておりま

す。でも、怪我人も死人も出なくてさいわいでした」

「すると、松坂屋のことは知らぬのだな」

「詳しいことは……」

千草が怪訝《けげん》そうに首をひねると、侍は言葉を足した。

「その店にお才《さい》という若嫁がいたのだが、会ったことはないか?」

「いいえ。会ったことはありませんね」

「何も知らぬというわけか……ふむ」

侍は小さなため息を漏らして酒を口に運んだ。

「松坂屋さんに何かご用がおありなのでしょうか?」

「いや、なんでもない。知らなければよいのだ」

侍はそう言ってまた酒に口をつけた。何やら苦悩している顔つきで、酒を飲んだあとで小さく舌打ちもした。

侍はその酒を飲むと、勘定だと言い、きっちり代金を払って帰って行った。

(松坂屋の……若嫁……)

千草は侍を送り出したあとで、また小首をひねり、暖簾を下げた。と、高橋の袂《たもと》にさっきの侍客が立っていた。背中しか見えないが、何やら思い詰めた様子ですぐそばの堀川を眺めている。

その両肩が大きく動いた。ため息をついたのだ。それから小さく首を振り、蹌踉《そうろう》とした足取りで橋をわたっていった。

六

須永宗一郎《すながそういちろう》が駿河台《するがだい》にある富士見坂《ふじみざか》の下に立ったのは、翌朝、四つ（午前十時）頃であった。

このあたりには大名家の上屋敷が点在し、幕府重臣の旗本たちの屋敷も多い。いわゆる武家地である。

須永は坂上を見、それから左へ道を取った。小川町《おがわまち》のほうである。しばらく行くと、須永の主君だった生実《おいみ》藩森川内膳正《もりかわないぜんのしょう》の上屋敷がある。しかし、須永の足はその手前で止まった。もう少し先で待つべきか、ここで待つべきかと、躊躇《ためら》い、迷う。

右も左も大名家の築地塀《ついじべい》である。新緑の若葉を茂らせた庭木が塀越しにのぞいている。その屋敷のなかから鶯の声が湧いている。

須永は待とうと決めた。下野足利藩《しもつけあしかが》の上屋敷の前を通っている小路に入り、築地塀にもたれるようにして佇《たたず》んだ。顔を見られないように菅笠《すげがさ》を目深《まぶか》に被り、表の道を歩く者に注意の目を向ける。

生実藩は一万石の小藩ではあるが、当主の森川内膳正俊知《としとも》は、若年寄《わかどしより》を務める幕府重鎮である。今日は登城日で家臣の大半は随行している。

しかし、栗原重蔵《くりはらじゅうぞう》が非番であれば必ずや外出をする。重蔵は落ち着きのない男で、一所《ひとつところ》にじっとしておれない質《たち》である。江戸詰は窮屈《きゅうくつ》であるがゆえに、日がな一日屋敷長屋で過ごすことはない。

(頼む、出てきてくれ)

武家地は森閑《しんかん》としている。築地塀の上にのぞく銀杏《いちょう》の木に止まった鴉《からす》が、鶯の声を遮るようにけたたましく鳴いた。

カーカーカー……。

須永の耳には「バーカ、バーカ」と聞こえた。錯覚だが、気落ちし、何事にも後ろ向きになっているいまは、すべてをよいほうに考えることができない。

行商人が通った。三人の家来を連れた旗本とおぼしき侍が通った。大八車《だいはちぐるま》を引く車力《しゃりき》、天秤棒を担いだ薪炭屋《しんたん》、そして勤番《きんばん》とおぼしき侍が二人。

栗原重蔵は殿についてお城へ行っているのか。であれば、大手門前で他の家臣らとたむろして暇を潰しているはずだ。そうなれば、帰りは八つ半（午後三時）過ぎになるだろう。

しかし、非番であれば必ずや表に出てくる。須永は祈るような気持ちでそう願った。

また、勤番侍が歩き去った。それも生実藩藩邸のほうからである。相手が重蔵でないとわかれば、不審がられないように背を向けて少し歩き、気配が消えると、また後戻りする。

須永と重蔵は肝胆相照《かんたんあいて》らす仲である。家が近所なら、年も同じ、家格も同じであった。禄も五両二人扶持と同じ。違うのは同じ足軽《あしがる》でありながら、須永が槍組、重蔵が弓組というぐらいだ。

日が中天《ちゅうてん》に昇った。喉が渇いた。しかし、須永は動かなかった。なんとしても重蔵を頼らなければならぬ。重蔵なら力を貸してくれる。そう信じている。

根気よく待って一刻半《いっときはん》（三時間）ほどたったときだった。藩邸のほうからやってくる人影があった。左右の肩を落とすようにして歩く癖。赤銅《しゃくどう》色に焼けた顔が日の光に照らされている。

それもひとり歩きである。待った甲斐があった。須永は目を輝かせ、ほっと安堵《あんど》の吐息を漏らすと、すっと小路を出て表道に立った。

気づいた重蔵が立ち止まり、驚き顔をするなり駆け寄ってきた。

「おぬし、何をやっておるんだ」

真っ黒に日焼けした顔のなかにある目を光らせ、まわりを気にするようにあたりに視線をめぐらした。

「おぬしに相談があるのだ」

「ここはまずい。おれから離れて先に歩け」

重蔵は顎《あご》をしゃくった。須永は言われるまま先に歩いた。重蔵が背後から話しかけてくる。

「話は聞いたぞ。おぬし、いったい何をやったのだ」

「待て、あとで話す。それでどこへ行けばよい？」

「鎌倉《かまくら》河岸北にある出世《しゅっせ》不動は知っているな。その隣に飯屋がある。当家の者があまり知らない店だ」

「わかった」

須永も江戸勤番を何度か経験している。鎌倉河岸界隈の土地鑑《とちかん》はあった。

重蔵の言う店は、松下町《まつしたちょう》代地という町屋のなかにあった。なるほどあまり目立たない、上士《じょうし》なら決して利用しそうにない佇《たたず》まいだった。

店は板敷きの入れ込みのみで、昼前とあって客はいなかった。年増の女中が注文を取りに来ると、酒二合を言いつけた。

「それで、どういうことだ。おぬし、何をやらかした。まさか刃傷《にんじょう》でも起こしたのではあるまいな」

重蔵は膝を詰め、顔を寄せてくる。

「そんな粗相《そそう》はしておらぬ。召放《めしはなち》になったのは、嘘の看病断りが知れたからだ」

「はァ」

重蔵は頓狂《とんきょう》な声を漏らし、目をまるくした。召放は免職である。女中が酒を運んできた。肴はいらないかと聞くので、重蔵が蕪の漬物と空豆を注文する。

「妻がいなくなったのだ」

須永は女中が板場に下がったのを見て言った。

「なにゆえ?」

「思い違いをされたのだ。おれが〈高砂《たかさご》〉の娘と不義《ふぎ》をはたらいたと思い込んでおる」

「なに、高砂の娘って、もしやお定《さだ》のことか?」

「さようだ」

高砂は国許《くにもと》の陣屋敷近くにあるちょっとした料理屋で、長女のお定は看板娘だった。器量のよさを自分でわかっているのか、気に入った客に粉をかけ、ときに悪い誘いかけをし、浮名を流していた。

「すると、おぬしはお定といい仲になった、さようなことか……」

「そういう仲にはなっておらぬ。誰かがそんな噂を流したにすぎんのだ。その噂を妻の友《とも》が聞き、信じ込み、そのまま家を出て行ったのだ」

「実家へ帰ったのか?」

「そうではない。どうやら江戸に来たようなのだ。友に知己《ちき》はない。あるとすれば妹のお才だ。お才は鉄砲洲にある松坂屋という瀬戸物屋に嫁いでいる。だが、その店はなかった」

「何故?」

「火事で焼けたのだ」

そこへ女中が注文の肴を運んできた。二人はしばらく黙り込み、女中が去ったところで重蔵が先に口を開いた。

「まさか、友殿が焼け死んだというのではなかろうな」

「死人も怪我人も出ておらぬ。焼け出されただけのようだが、居所がわからぬ。だから捜さなければならぬ。重蔵、力を、いや、金を貸してくれぬか」

「待て。おぬし、嘘の看病届けを出したと言ったが、それは友殿を捜すためのことだったというわけか」

「出て行った妻を捜すためには、他によい言いわけがなかった。ところが、嘘だと知れてしまい、ご家老《かろう》の勘気《かんき》を蒙《こうむ》ったのだ。叱責《しっせき》は覚悟しておったが、まさか役儀召放になるとは思いもいたさぬことであった」

須永は顔をしかめながら酒に口をつけ、言葉を足した。

「妻を捜さなければならぬ。だが、金がない。頼みはおぬしだけなのだが……」

須永は重蔵にすがるような目を向けた。

「金はない」

重蔵はきっぱりと言った。

「友は腹にやや子を抱えている。もう六月《むつき》になる。是が非でも捜し出し国に連れて帰り、無事に産ませたい」

「気持ちはわかる。しかし、この先どうするつもりだ」

「百姓になる。役目を解かれたとき、土にまみれて生きるしかないと、そう決めたのだ。さいわい、わずかな土地はある。もっとも、友の実家のものではあるが……」

「まったく、おぬしは……」

重蔵は大きなため息をつき、酒を嘗めるように飲み、

「わかった、何とかしよう。だが、少し待て」

と、言葉を足した。

「すまぬ」

須永は幼なじみの思いやりに胸を熱くしながら頭《こうべ》を垂れた。

七

伝次郎が町奉行所に出頭を命じられたのは、その日の七つ頃であった。使いの者から達しを受けるなり、伝次郎は急ぎ着流しに黒の麻羽織をつけて川口町の自宅を出た。

南町奉行所の門を入ると、脇目も振らずに内玄関にまわり、そのまま町奉行の筒井政憲が待つ用部屋へ赴いた。

筒井は下城したばかりらしく、まだ裃《かみしも》姿のまま上座に座して、吟味《ぎんみ》途中の書類に目を通しているところだった。

「お呼びに与《あずか》り、罷《まか》り越しました」

伝次郎が慇懃《いんぎん》に頭を下げても、筒井はしばらく返事をせず、手許の書類を一心に読んでいた。

しばらくして、伝次郎は静かに待つ。筒井はコホンと空咳をひとつして書類を閉じ、

「沢村、もそっとこれへ」

と、近くに呼んだ。

伝次郎はそのまま膝行《しっこう》し、筒井から一間半《けん》（約二・七メートル）ほど離れたところで再び両手をついた。

「呼んだのは他でもない、そなたに仕事ができたからだ。むろん、わたしの呼び出しだから察してはおろうが、今日は何分《なにぶん》にも多忙ゆえ簡略に話す」

「…………」

伝次郎は筒井のつぎの言葉を待つ。用部屋の南側は中庭に面しており、若葉をつけた百日紅《さるすべり》が傾きはじめた日の光を受け、長い影を作っていた。

「本日、下城前に大目付《おおめつけ》の豊後守《ぶんごのかみ》様に呼び止められ相談を受けた。それは若年寄《わかどしより》・林《はやし》肥後守《ひごのかみ》様からの言付《ことづ》けであった」

豊後守とは、神尾守富《かみおもりとみ》のことである。大目付は旗本から選出されるが、格は大名並みの待遇を受ける。町奉行からの出世もあるので、筒井は神経を配らざるを得ない。

「ことは一月ほど前に起きている。下勘定所に詰めている勘定衆に佐谷紹之助なる者がいるが、この家で刃傷沙汰《にんじょうざた》が起きた。屋敷内に住まう佐谷の妻、その妹、ご隠居の妻、そして下女が惨殺された。下手人は佐谷家のご隠居の弟・与右衛門だということがわかっている。目付《めつけ》が動いて調べをしたが、行方が知れぬ。さらに、与右衛門は勘当の身の上であるがゆえ、このまま目付に調べをつづけさせられぬと、豊後守様はおっしゃる。そこまで話せば、そなたにも先のことはわかろう」

つまり、筒井はおまえにやってもらうと言っているのだ。

「与右衛門の行方を捜し、取り押さえればよいのでございますね」

「いかにも。四人が殺されたあらましは、これに書き付けてある」

筒井は折りたたまれた数枚の文書を伝次郎に手わたした。それは目付が作成した調書《しらべがき》であった。

伝次郎がその調書に視線を落とす前に、筒井はその内容を簡略に話した。耳を傾ける伝次郎は、筒井と目を合わせないように気を配り、しわが寄りたるんだ首のあたりを見ていた。

「与右衛門は佐谷家の次男、つまり部屋住みの身であったが、一度、榊原五左衛門《ござえもん》なる寄合旗本の養子に入っておった。さような仕儀《しぎ》であるがため、他の与力・同心を動かしにくい。よってこれは沢村にしかできぬ役目」

「……………」

言葉を切った筒井は口の端にやわらかな笑みを浮かべて、短い間を取った。伝次郎には筒井の言わんとすることが呑み込めている。

町奉行所は武家の調べができない。あくまでも取締りの相手は町人、あるいは無《む》宿《しゅく》の浪人などだ。武家への調べは御法度《ごはっと》である。それゆえ、外役の与力・同心は手をつけることができない。

下手人の与右衛門は浪人身分であっても、佐谷家や榊原家に出入りをして調べをしなければならない。そうなると、いくつかの手順を踏まなければならないので、古参の与力や同心は調べを忌諱《きい》する。

また幕府目付も、相手が番方《ばんかた》にも役方《やくかた》にもついていない三千石以上の寄合旗本なら、その後のおのれの出世に関わるので調べに遠慮がある。

ようするに下手人の与右衛門は少々厄介な人物で、捕縛《ほばく》にあたるほうにもややこしい事情があるのだった。

「やってもらいたいが、いかがいたす」

伝次郎に拒むことはできない。

「しかと承りました」

「うむ。しかと頼んだ。万にひとつ面倒が起きた折には、大目付・神尾豊後守様の名を出してもかまわぬ。よいな」

「はは」

伝次郎が平伏《へいふく》すると、筒井はすっくと立ちあがって座を外し、衣擦《きぬず》れの音をさせながら用部屋から風のように出て行った。

多忙を極める町奉行である。今日は常より急ぎ取りまわさなければならぬ吟味があるのだろう。

伝次郎はもらった調書を懐に差し入れると、そのまま用部屋を出た。

第二章　妻捜し

一

「旦那、粂《くめ》さんを呼んできました」

居間で茶を飲んでいた伝次郎に、戻ってきた与茂七が告げた。いつしか「粂さん」と呼ぶようになっている。

「座敷へ」

伝次郎がそのまま座敷に移ると、粂吉《くめきち》がやってきた。

「与茂七、おまえもこい」

伝次郎は粂吉と与茂七を座敷にあげ、自分の前に座らせた。

「今日、お奉行よりお役目をいただいた。明日から調べにあたるが、調べをしなければならぬ相手に旗本がいる」

条吉が「それは」と、声を呑んだ。

与茂七は張り切った顔つきになった。手先としてはまだ新米だから、気をつけなければならないところを知らないのだ。

「少し厄介なのでは……」

条吉がかたい顔で言う。凡庸《ぼんよう》な目立たない顔をしているが、腕っ節は強いし、元は伝次郎の先輩同心であった酒井彦九郎《さかいひこくろう》の小者《こもの》をやっていたので、探索能力がある。

「かもしれぬ。だが、やらなければならぬ。調べなければならぬのは、寄合旗本だ」

「寄合ですか。小普請《こぶしん》ではないのですね」

条吉はまた緊張の顔になる。旗本でも三千石以下であれば、お目見以下の御家人と同じ小普請支配の差配を受けることになるが、寄合は寄合肝煎《きもいり》の監督下に置かれる。

「さよう。しかし、捕縛しなければならぬのは、勘当を受けている浪人だ。その男の名は佐谷与右衛門。佐谷家の当主の妻と、その妹、隠居の妻、そして下女を殺して逃走中の身だ」

「女を四人も……なぜ、そんな恐ろしいことを……」

与茂七が目をまるくしてつぶやく。

「それはこれから調べること。佐谷家に残っているのは、当主の紹之助様、そして隠居の三郎右衛門様の二人のみだ」

「すると二人から話を聞くだけでよろしいのですか……」

与茂七である。

「いや、もうひとり旗本家がある。女四人を殺したであろう与右衛門が養子に入っていた榊原五左衛門方である。五左衛門様は寄合旗本である」

「すると、両家ともお目見以上ということになりますね」

「与右衛門は榊原家へ婿養子で入ったが、追い出され、実家の佐谷家に戻っていた男だ。榊原家と縁組が成ったのに、何故に追い出されたのか、それも調べなければならぬ」

「こりゃあ、ちょいと御番所《ごばんしょ》の旦那らには手をつけられない話ではありませんか」

「どうしてです？」

与茂七は意味がわからないので、きょとんとしている。

「追々《おいおい》教えてやる」

粂吉は与茂七にそう言ってから言葉を足した。

「しかし、目付が動いたのではありませんか？」

「動いているが、大目付の神尾豊後守様がお奉行にお頼みになったのだ。事件が起きたのは一月ほど前だ。忙しい幕府目付は、相手が元旗本だったとは言え、いまや勘当を受けた浪人である。調べに多くの手間をかけられないのだろう」

「旦那、旗本がどうのと、おれにはよくわからないんですが、手っ取り早くもっとわかりやすく教えてもらえませんか」

与茂七が身を乗り出して言う。

「ようは逃げている佐谷与右衛門を捕縛するということだ。だが、そうだな、わかりやすくいえばだな……」

伝次郎はそう言ってから、与右衛門の手にかかった女たちのことを簡略に話した。

殺されたのは、
・佐谷家隠居の妻、たえ
・当主の紹之助の妻、せん（たえの娘）
・せんの妹、まん（たえの娘）
・下女のおきり

「それで、与右衛門はどこへ逃げているのです？」

条吉だった。

「それがわかっておれば話は早いのだが、わからぬのだ」

「てことは、佐谷家と榊原家へ聞き込みをしなければならねえってことですね」

与茂七だった。

「さよう」

「少々面倒なことですが、旦那のお指図に従うしかありません」

条吉は肚《はら》をくった顔になっていた。

「話をするのは、おれだ。おぬしらは黙ってついているだけでよい。さしずめ、そこからはじめるしかない」

「いつからやるんです？」

与茂七に聞かれた伝次郎は、障子を開け放した表の庭を見た。もう暗くなっている。

「明日からだ」

「それじゃ旦那、夕餉はどうします？」

与茂七が目を輝かせて顔を向けてくる。千草の店に行きたそうな顔つきだ。

「今夜は家ですまそう。粂吉、たまにはおれに付き合え。それとも何か用があるか？」

「粂さん、たまには付き合ってくださいよ」

与茂七も伝次郎に言葉を添えた。

「それじゃ、せっかくですからご相伴《しょうばん》に与《あずか》りましょうか」

「与茂七、台所に千草の用意した作り置きがある。ここへ運んでくれ。それから酒も忘れるな」

「へえへえ」

与茂七は尻軽な返事をして台所へ向かった。

「千草さんの店のほうはうまくいっていますんで……」

条吉が聞く。

「店を開いてまだ日が浅いが、そろそろ贔屓《ひいき》の客がついてきたと言っている。まあ、慣れた仕事だから、さほど心配はしておらぬ」

「それなら安心です。あっしも一度はと思っているんですが、なかなか……」

「遠慮はいらぬ。暇を見て顔を出してやれ。千草も喜ぶだろう」

「へえ。それじゃ、近いうちにお邪魔させていただきやしょう」

そんな話をしていると、与茂七が大きめの四方盆《よほうぼん》に酒と煮物を載せてやってきた。

「明日から忙しくなる。まあ一献《いっこん》だ」

伝次郎はすぐに徳利を取って、まずは条吉に酌をしてやった。

「これは恐れ入りやす」

二

「徳三《とくぞう》さん、もう終わりです、終わり。ささっ、帰った帰った。お代はつぎでもいいし、つけておくから。月晦日《みそか》でもかまわないから」

千草はもう一本つけろという左官の徳三に、厳しい顔をして首を振った。

「何でェ、そんなけちくせえこと言うんじゃねえよ」

徳三は徳利の首を振ってねだる。

「けちで言ってるんじゃないわよ。あんた飲み過ぎよ。もう呂律《ろれつ》だってあやしいし、いったい何合《ごう》飲んだと思ってんだい」

千草は胸の前で腕を組む。

徳三は当初二、三日おきに来ていたが、このところ毎日のようにやってくる。それも、へべれけになるまで飲む男だ。店の売り上げを考えれば、放っておいてもいいのだが、千草は徳三の体のことを考え、この夜は苦言を呈した。

「昨日はもっと飲ましてくれただろ。なんだい、何かおれが気に食わねえことでもしたかい？」

「何もしてないわよ。そんなに飲んだら体を壊しゃしないかと心配だから言ってるのよ。さ、片づけるわよ」

千草は徳三のそばにある小皿と箸を取った。

「待てよ。おりゃあ客だぜ。そんな殺生《せっしょう》するんだったら、黙っちゃいねえぜ」

徳三は据わった目でにらんできた。汚れた股引《ももひき》はともかく、半纏《はんてん》の下に着ている腹掛けは、涎《よだれ》とこぼした汁で汚れている。

「殺生なこと言ってるんじゃないわよ。聞き分けのない人だね」

「うるせーッ！　おりゃあ客だ！　職人だ！　江戸っ子だ！　相手が女だからって黙っちゃいねえぜ！」

徳三は怒鳴るなり、煙管《キセル》をカーンと床几《しょうぎ》の角にたたきつけた。

千草はきっと眦《まなじり》を吊りあげてにらみ返した。こんなことで臆する女ではない。

「そうかい。だったら、どうするって言うのさ。あんたがお客だというのは百も承知さ。大事なお客だから、体のことを思って言ってんだよ。職人でも江戸っ子でもいいさ、気に入らないんだったら、とっとと帰んな。それともなにかい、酔っ払いの御託《ごたく》をもっと並べたいかい。そうしたけりゃ、聞いてやろうじゃないのさ。女だからって甘く見るんじゃないよ。あたしだって江戸っ子だい！」

千草が併《あわ》せ持っている姐御《あねご》肌の一面を露呈すると、徳三はさっきの威勢はどこへやら、目をしばたたいて驚き顔をした。

「な、なんだよ。いきなり、そんなに怒らなくたっていいだろ。おれは……」

「お黙りッ！　今夜はもうお酒はだめ。だめなものはだめ！　男だったらちょっとの酒ぐらい我慢できんだろ！　本物の男ってのは、酒なんかに流されやしないんだ。悔しかったらきれいな酒の飲み方をしてみろってんだ！」

「そう、ぽんぽん言うんじゃねえよ。まったく、うちの嬶《かかあ》よりおっかねえじゃねえか」

「だらしない飲み方するからさ。さ、どうするんだい？」

千草は徳三の前に仁王立ちになってにらみを利かす。

「わかったよ。帰りゃいいんだろ、帰りゃ」

徳三は掌を汚れた股引にこすりつけて立ちあがった。ふらっと体を揺らし、

「お代はつけといてくれ」

と、言った。

「ああ、ちゃんとつけとくよ。気をつけてお帰りなさいな」

千草が声音を変えて言うと、徳三が少し驚き顔をした。

「女将よ。あんたには……」

「なんだい？」

「いや、なんでもねえ。それじゃ、あばよ」

徳三は千鳥足で歩き、戸口の柱に肩をぶつけ「痛ェ《いて》」と、顔をしかめる。

「まったく大丈夫かい。なんだったら送って行こうか」

「心配すんな。おれの家はすぐそこだ」

徳三はそのまま歩き去ったが、仄《ほの》かな月影はふらふらと左右に揺れていた。

「ほんと大丈夫かしら……」

千草は見送ってから店に戻り片づけにかかった。

「まだよいか？」

ふいの声に振り返ると、昨夜やってきたばかりの侍だった。疲れた顔をしている。

「ええ、少しでしたら」

「それじゃ、つけてもらおうか。一合、いや二合頼む。肴は漬物があれば十分だ」

「それじゃすぐに」

千草は急いで徳三の飲み食いした器や盃を片づけると、板場に入って侍の注文を揃えて土間席に戻った。

「お酌します」

千草が言うと、侍は少し意外そうな顔をし、

「これは相《あい》すまぬ」

と言って、素直に受けた。

「松坂屋さんの若嫁さん、見つかりましたか？」

千草が訊ねると、侍は盃から顔をあげた。

「昨夜、捜していらっしゃるふうでしたから……たしか、お才さんという方でしたね」

「うむ。故《ゆえ》あって会わねばならぬだけだ」

侍はそのまま目を伏せ酒に口をつけた。千草は侍があまりかまってほしくないように思えたので、板場に足を向けたところ、

「もし、女将」

と、呼び止められた。

「拙者《せっしゃ》は須永宗一郎と申す。下総《しもうさ》からまいった者だ」

「下総から……そうでしたの」

「松坂屋には行ったことがないと申したが、その店の若嫁というのは、拙者の妻の妹なのだ。無事なのかどうか知りたいのだが、どうやったら調べることができるだろうか？　いや、拙者はこのあたりのことに詳しくないので訊ねているのだが……」

「どうやって……」

千草は少し考えたが、いい答えをすぐには見つけられそうになかった。

「なんでもよいのだ。捜そうにも捜す手立てが見つからず難渋《なんじゅう》しておる。知恵を貸してもらいたいのだ」

「松坂屋さんの若嫁さんは、お才さんとおっしゃるのですね」

「さようだ。年は二十歳《はたち》だ」

「二十歳……火事のあと、松坂屋さんはもう元の場所にはないのですね。どこへ越されたのか、それもわからないのですね」

「近所で訊ねてみたがわからなかった」

「それじゃ名主《なぬし》さんか、大家さんをお訪ねになったらいかがでしょうか」

「そうか、その手があったな。いや、これはうっかりであった」

須永宗一郎と名乗った侍は、小さく舌打ちをした。

「何分にも気が急《せ》いているので、そこまで考えをまわすことができなかった。いや、これはしたり」

「須永様はそのお才さんの無事が知りたいのですね」

「……さようだ」

「それじゃ、わたしも少しお力になりましょう。早速明日にでも誰かに聞いてさしあげましょうか」

「それは助かる。是非にもお願いいたしたい」

「でも、あまりあてにされると困りますけれど……」

「いや、その気持ちだけでも嬉しい。藁《わら》にもすがる思いなのだ。あ、もう一本」

「はい」

急いで燗《かん》をつけて土間席に運んでいくと、

「じつは捜しているのは、そのお才ではないのだ」

須永が酒で頬を火照《ほて》らした顔を向けてきた。

「どういうことでしょう……」

「むろん、お才に会わなければならぬが、じつは捜しているのは拙者の妻なのだ。妻が妹のお才を頼って江戸に出てきたまではわかっているのだが、まさかお才の嫁ぎ先が火事でなくなっていたとは知りもしなかったことでな。それで手をこまねいておるのだ」

千草は理解するのに、短く目をしばたたいた。

「あの、なぜ奥様をお捜しになるのに、その妹さんを……すると、奥様が家に戻っていらっしゃらないということなのでしょうか？」

須永は目にわずかな困惑の色を浮かべた。

「直截《ちょくせつ》に言えばさようなことだ。このような話はすべきではないが、妻は身重《みおも》のまま出奔《しゅっぽん》したのだ」

「は……」

千草は目をまるくした。

「その拙者は妻に思い違いされているのだ。詳しいことは言えぬが……」

須永は言葉を濁すと、酒をゆっくり飲んだ。思い詰めた顔だ。

「何か深い事情《わけ》がおありのようですから立ち入ったことは訊ねませんが、もし、お才さんの行方がわかったらどういたしましょう」

「そのときは……そうだ、明日の夜またここに来る。そのときに教えてもらえまいか」

「わかりました」

「頼む」

須永は頭を下げた。

三

「では、お気をつけていってらっしゃいませ。与茂七、粗相《そそう》をしてはいけませんよ」

千草は伝次郎と与茂七に切り火を切ったあとで、与茂七に一言添えた。

「おかみさん、おれも少しはマシになってんですよ。心配無用です」

ねえ旦那、と与茂七は先に玄関を出た伝次郎に顔を向ける。

伝次郎は小さく笑むだけだ。

空は真っ青に晴れている。爽やかな風が若葉の香りを運んでいた。

今日は佐谷家を訪ねて話を聞き、そのあとで榊原家へ行く予定である。

千草は伝次郎が久しぶりに役目に出るとわかっていても、深く穿鑿《せんさく》はしない。昨夜も、

「明日から新しいお役目を受けることになった」

と、言えば、

「お奉行様からお沙汰《さた》があったのですね」

そう言ったのみだった。

千草は伝次郎の役目が、下手をすると命に関わることだと知っている。ほんとうは詳しいことを聞きたいのだろうが、その気持ちを抑えているのだ。

伝次郎も教えてもよいと思うが、余計な心配をさせることになるからよほどでな

いかぎり話しはしない。その辺は互いに目を見交わすだけで、あうんの呼吸になっていた。

亀島橋まで行くと、粂吉が待っていた。会釈をしながら挨拶をしてくる。

「舟で行く。乗ってくれ」

伝次郎はそう言ってから、先に短い雁木《がんぎ》を下りて自分の猪牙舟に乗り込んだ。粂吉と与茂七が乗ると、舫《もや》いをほどき、持った棹《さお》で岩壁を押す。猪牙舟はすうっとなめらかに進む。

羽織を脱いで着流しを尻端折《しりはしょ》りして、襷《たすき》を掛けていた。

「旦那、おれも舟の漕ぎ方を少し教えてもらおうかな」

与茂七がめずらしいことを言った。

「その気になったか……」

伝次郎は棹を使いながら与茂七を見た。

「いつも旦那に漕いでもらってばかりじゃないですか。なんだか申しわけなくって

……」

「よい心がけだ」

伝次郎はそう応じて、いい兆候だと思った。筒井奉行が町奉行から他の役職に異動したり隠居となれば、自分のいまの地位がなくなることを覚悟している。しかも筒井は高齢であるから、そう長い先のことではないはずだ。与茂七には当人の希望で手先仕事をやらせているが、それも筒井奉行の進退次第だ。粂吉のように長く探索仕事をやっていれば、他の同心や与力もほしがるだろうが、いまの与茂七にはまだその能力は備わっていない。それより、船頭仕事をやってもらったほうが手堅い。できればそうしてもらいたいと、ひそかに思っている。

猪牙舟は日本橋《にほんばし》川を突っ切り、崩《くずれ》橋、永久《えいきゆう》橋と抜け、川口橋をくぐって浜町《はまちよう》堀《ぼり》に入った。これから向かう佐谷紹之助の屋敷が若松町《わかまつちよう》にあるからだ。わざわざ舟を使ったのは、その後、本所《ほんじよ》にある榊原家の屋敷を訪ねることを考えてのことだった。

与茂七が粂吉から教えを受けていた。それは町奉行所の管掌《かんしよう》が、どこまであるかということだった。

「お武家と寺や神社の揉め事には手をつけられないというのは知っていたけど、牢屋奉行や養生所《ようじようしよ》の役人まで取り締まってんですか。へえ、そうだったんだ」

「それだけじゃねえよ。火盗改《かとうあらため》も吟味《ぎんみ》するし、火事がありゃ差配もするんだ」

「ええっ、火盗改も町方は取り締まるんで……」

「そうだ。だから、町奉行所の与力や同心の旦那たちと火盗改は、しっくりした関係じゃねえんだ」

「仲が悪いってことですか？」

「悪いわけじゃねえだろうが、まあよくはねえだろう」

「これから訪ねる佐谷家は旗本ですね。だから、調べにくいってことか……ふーん、そういうことか」

与茂七はわかったのかわかっていないのか、ひとり納得したように腕を組んでうなずく。

猪牙舟を操る伝次郎は、そんな二人のやり取りを聞くともなしに聞きながら、佐谷家でどんなことを聞き出せばよいか、そのことをぼんやり考えていた。

堀を挟んだ両側は大名屋敷だったが、左にある竈河岸《へっつい》を過ぎたあたりから左手は町屋になる。青々とした堀端の柳が風にそよいでいた。武家屋敷の庭から鶯や目《め》白《じろ》の声が湧いている。

一艘の猪牙舟、二艘の荷舟と擦れ違ったところで、栄橋《さかえ》が目の前に近づいた。

伝次郎はそこに猪牙舟をつけて、河岸道にあがった。

身なりを整え直し、そのまま佐谷家に向かう。屋敷は村松町《むらまつちょう》の南にあるとわかっている。

相手は旗本だからいかほどの屋敷だろうかと思っていたが、意外や小さな佇《たたず》まいだった。二百坪あるかないかだ。それでも門は上土門《あげつち》で、屋根をのせた土塀《どべい》をめぐらしてあった。塀の上に枝振りのよい五葉《ごよう》松がのぞいている。

「ひとまず、おれが話をする」

伝次郎に言われた粂吉と与茂七は同時に、「承知しました」と返事をする。

門前で訪《おとな》いの声をかけてしばらく待った。百を数える頃に、中間《ちゅうげん》とおぼしき男がギシギシと音を立てる脇門を開けた。

「どちらのお方で?」

「南町奉行の使いである。沢村伝次郎と申す。ご当主に伺いたいことがあるので取り次いでもらいたい」

中間はわかったという顔でうなずき、粂吉と与茂七をちらりと見てから、伝次郎を待たせた。

しばらくして、足音が近づいてきて、今度は表門が両側に開かれた。さっきの中間が開けてくれたのだ。

「殿様はおいでですが、三人でお会いになりたいのでしょうか？」

「いや、わたしひとりでかまわぬ。二人も通してくださるなら遠慮はせぬが……」

「では、沢村様おひとりでお願いいたします。お二人はそちらでお待ちいただけますか」

中間は門横にある腰掛けを暗に示し、伝次郎を案内した。

玄関に入るなり、伝次郎はにわかに目をみはった。

四

式台《しきだい》の先に立っている人影があまりにも大きかったからだ。玄関から射し込む光は首までしかなく、顔は暗く翳っていて、白い目だけが異様に光っていた。

「突然の訪《おとな》い、失礼つかまつりまする。拙者は南町奉行の差配《さはい》を受け、此度《こたび》、ご当家で起きた一件についてのお調べを仰せつかっている沢村伝次郎と申しまする。このお下知《げち》は大目付・神尾豊後守様より下されたものでもございまする」

伝次郎がいつになく慇懃に言うと、

「堅苦しいことは抜きにして、どうぞおあがりくだされ」

と、相手は気軽な物言いをした。当主の佐谷紹之助かどうかはわからない。伝次郎はうながされるまま式台にあがり、廊下を二間《けん》（約三・六メートル）ほど進んだ左の座敷に通された。

相手は床の間を背にして座り、片頰に庭から射し込む障子越しのあわい日の光を受けていた。

（若い）

伝次郎が受けた最初の印象だった。与右衛門は四十二歳だが、相手はまだ三十に届いていない顔つきだ。

それに大きな体のわりには、やさしげでおとなしそうな顔つきだった。玄関で対面したときには、威圧感を覚え、これは手強いのではと思ったが、こうやって対座して顔を見ると、少し安堵した。

「与右衛門殿のことであろうが、目付の調べは終わっています」

相手はそう言った。話し方も穏やかだ。

「承知しております。失礼ながらご当主であられますか？」

「いかにもさよう」

やはり佐谷紹之助であった。

「すでにお目付にもお話しになったと存じますが、事件が起きたときの経緯をお教えいただけませぬか。また、何故さようなことになったのかということも教えていただきとうございまする」

「うむ。いま茶を運ばせます。沢村殿は与力でござろうか？」

「内与力並みでございます」

「並み……すると、与力ということですな」

紹之助は少し解《げ》せぬという顔をしたが、意に介《かい》しているふうではない。そこへさっきの中間が茶を運んできた。

「凶事の起きたあとゆえ、女中がおりませんで、不調法《ぶちょうほう》な年寄りでご寛恕《かんじょ》のほどを」

紹之助が言うように、年寄りの中間は物慣れない手つきで茶を置いた。手はしわだらけでかさついていた。その中間が下がると、紹之助はすぐに口を開いた。

「沢村殿はお忙しいでしょうから、あの日のことをかいつまんで話しましょう」

紹之助はそう前置きをして、佐谷家の女四人が殺された日のことを話した。


その日、紹之助は義父の三郎右衛門といっしょに朝から釣りに出掛けた。

場所は鉄砲洲《てつぽうず》でイサキの大物を釣る予定だったが、釣れるのは雑魚《ざこ》ばかりで、イサキの「イ」の字もかからない。場所が悪いのだと思い、三郎右衛門と明石町《あかしちよう》の外れまで行って粘ったが、釣れるのは小ぶりの鯵《あじ》か、下魚と言われている鰯《いわし》だけだった。

「せめて鯛《たい》でも釣れてくれれば……」

紹之助はぼやきながら場所を変えつづけた。

そのうち日が西にまわりはじめ、釣りに飽きてきた。ところが義父・三郎右衛門は、もう少し、もう少しと粘る。

そんなことで気がついたときには、江戸の海に夕日の帯が走り、黄金色に輝きはじめた。

「もう暗くなります」

紹之助の言葉を受けた三郎右衛門はやっとあきらめ、釣果《ちょうか》もなしに引きあげることにした。

遅くなったので、どこかで軽く引っかけて帰ろうかと義父は言うが、紹之助は妻たちが夕餉の支度をしているはずだから、家路を急ごうとうながした。

釣り竿を肩に担いで屋敷に帰ったが、門扉《もんぴ》が閉まっている。庭に入って声をかけても誰も出てこない。

「おかしいですね。外出をしているのでしょうか」

紹之助は玄関前まで来て、義父を振り返った。

「夕餉の買い物に出かけているのかもしれぬ」

そう答えた義父の三郎右衛門は玄関の戸を開けたとたん、驚きの悲鳴を発すると同時に尻餅をついた。

「いかがされました」

紹之助が心配して三郎右衛門を起こそうとすると、

「あっ、あっ、あっ……」

と、顔色《がんしょく》を失って玄関先の廊下を指さす。

紹之助がそっちを見ると、なんと妻のせんが仰向《あおむ》けに倒れていた。その先には、まんがうつぶせで息絶えていた。

「すると、帰宅されたときにはすでに四人は殺されていたと……」

「いかにも。いま思い出しても恐ろしいことで」

紹之助はほんとうに身ぶるいした。

「おきりという女中は台所のそばで斬られていたのですね」

「うむ」

紹之助は小さくうなずき、義母のたえは座敷牢前の座敷で斬られていたと話した。たえは胸から顎《あご》にかけて斬られており、唐紙や畳が血で染まっていた。せんは左肩から胸にかけて袈裟《けさが》懸けに斬られ、仰向《あおむ》けに倒れていた。

まんは背中を一太刀で斬られたままうつぶせに、そして、おきりは胸を袈裟懸けに斬られていたと話した。

「すべて一刀でございましたか」

「さよう。そこの廊下はまさに血の海でございました」

紹之助は開いている障子の先に見える廊下に顔を向け、苦々しい顔をした。

「与右衛門殿は手練《てだ》れでしょうか？」

「一刀流《いっとうりゅう》の免許持ちです」

かなりの遣《つか》い手《て》と考えてよい。

「それで、与右衛門殿は座敷牢に入れられていたと聞いていますが……」

「まさに。そうは言っても急拵《ごしら》えの簡易なものでした。その気になれば、すぐに出ることはできたのですが、叔父はおとなしく牢に留まっていました」

「なにゆえ、座敷牢に？」

「話せば長くなりますが、叔父は部屋住みだったのですが、運良く寄合旗本の家の養子にうまく収まったのです。が、先様宅での行状《ぎょうじょう》がよくなかったらしく、勘当の末に追い出されてこの屋敷に戻ってこられたのですが、どうにも身内の者とも和を保つことができずにいました。ある日突然、それまで腹の内にためていた日頃の鬱憤を晴らすように謗言《ぼうげん》を喚《わめ》きながら、暴れまくったのです。それはひどいもので、

唐紙は破る、障子は倒す、火鉢はひっくり返す。挙げ句、煙草盆を投げつけるなど
と、妻も義母《はは》もふるえあがりました。押さえて縛りつけるのだと、義父上がわたし
に指図されたので、そのようにして縛りあげましたが、罵詈雑言《ばりぞうごん》はやみません。そ
れで義父上が急ぎ座敷牢を拵《こしら》えて、そのなかに閉じ込めたのです」
「…………」
紹之助が茶に口をつけたので、伝次郎はつぎの言葉を待った。
「叔父はおとなしくされていました。声を失ったようにだんまりになられ、こちら
から話しかけても返事をされません。わたしは、義父上に謝罪をすれば許しが出る
ので、もう強情を張るのはやめませんかと叔父を説諭いたしましたが、やはり応じ
る素振りはありませんでした。そして、先に申したようなことが、わたしと義父上
が家を空けている間に起きたのです」
「つまり、与右衛門殿の乱心《らんしん》だったと……」
「他に申しようがありません」
「得物《えもの》はどうされたのでしょうか？」
「叔父は刀をお持ちでした。その刀が消えています。さらに父祖伝来の家宝であっ

た一振りもなくなっています」

「それは……」

伝次郎は眉宇《びう》をひそめて聞く。

「千子村正《せんごむらまさ》です」

妖刀《ようとう》と呼ばれる業物《わざもの》である。

徳川家康《とくがわいえやす》の祖父・清康《きよやす》が殺害されたときに使われたのが村正で、家康の父・広忠《ひろただ》も乱心した家臣に刺され、家康の嫡子《ちゃくし》である信康《のぶやす》自害の折、介錯《かいしゃく》に使われたのも村正だった。

そのような経緯があるので、徳川、松平《まつだいら》家や譜代《ふだい》大名は差料《さしりょう》とするのを避けている。それだけに珍重《ちんちょう》され、数寄者《すきしゃ》に好まれている。

「それは高直《こうじき》なもの。もし売れば、かなりの値がつきましょう」

「それはよくわかりませぬが、叔父は家にあった金子《きんす》を持ち去ってもいます。これは公儀《こうぎ》目付が調べに来たときにはわからなかったのですが、あとで気づきまして……」

「それはいかほど」

「百数十両です。たしかな金高《かねだか》がわからないのは、義父上の仕舞っていた金箱にいかほどあったのか、はっきりしないからです」

「つまり、金箱の勘定をされていなかったと……」

「義父上は堅牢《けんろう》にしておくべきだったと悔やんでいますが、いまとなっては……」

紹之助はため息をつきながら、虚《むな》しそうに首を振った。

「与右衛門殿の行き先に心あたりはございませんか？」

紹之助は黙《もく》したまま首を振った。

「与右衛門殿とお付き合いのあった方がいらっしゃると思いますが……」

「公儀目付も御番所《ごばんしょ》の方もお訊ねになるのは同じですな」

紹之助は口の端に微苦笑を浮かべて、

「叔父は付き合いのない方でした。まったくなかったと申せば嘘になるでしょうが、どんな方とお付き合いがあったかわからぬのです」

「ご隠居様、ご当主のお義父上はご存じなのでは……」

紹之助はいいえと首を振り、

「外聞が悪くて申しにくいのですが、兄弟仲は冷え切っており、互いのことは何も存じておられませんでした。その上、反目《はんもく》し合う間柄でしたから……」

と、恥じ入るような顔をした。

「そのご隠居様は、いまどちらに」

「今日はあいにく留守をしています。夕刻には戻ってまいるでしょうが、会って話を聞きたいとおっしゃるのなら、その旨《むね》伝えておきますが……」

「その折にはまたお邪魔させていただくことになると思いますが、今日のところはこれにて失礼いたします。もうひとつお伺いしたいことが。与右衛門殿は、婿入りをされた榊原家から勘当され、こちらに戻っておいでになった。さようなことであれば、また佐谷家の姓を名乗られたのでしょうか？」

これは大事なことだった。

「名乗ってはいません。義父上が許さなかったので、叔父は佐谷家から籍を外されたままでした」

「あと、もうひとつ、与右衛門殿が身に帯びている刀は業物《わざもの》でございましょうか？」

「しかとたしかめたことはありませぬが、数物《かずもの》だったはずです」

「よくわかりました。お手間を頂戴いたし、かたじけのうございました」

伝次郎は礼を言って、そのまま辞去《じきょ》した。

五

伝次郎が玄関から出ると、門そばの腰掛けで待っていた粂吉と与茂七が同時に立ちあがった。

「いかがでした」

粂吉が早速聞いてくる。

「あとで話す」

伝次郎は渋い顔のまま佐谷家の屋敷を出ると、猪牙舟を繋《つな》いでいる栄橋へ向かった。あとを追いかけるように粂吉と与茂七がついてくる。

「旦那、話は聞けたんですね」

与茂七が隣に並んで顔を向けてくる。

「聞いている。舟を出してから話そう」

伝次郎は歩きながら、佐谷家から姿をくらました与右衛門の行き先を考えたが、もちろんはっきりしたことはわからない。ただ、手掛かりはある。与右衛門が持ち去った千子村正である。

「与右衛門は、四人の女を殺しただけではない」

伝次郎は舫いをほどき、猪牙舟を出してから口を開いた。

条吉と与茂七が顔を向けてくる。

「佐谷家の家宝である千子村正を持ち去り、百数十両の金子も盗み去っている」

「それだけで死罪じゃないですか」

与茂七だった。伝次郎はかまわずつづける。

「与右衛門は養子に入った榊原家から勘当を受け、実家に戻っていたのだが、兄の三郎右衛門様は佐谷家の籍には戻すことを許していなかった」

「すると、宙ぶらりんの浪人ということになりますね」

条吉である。

「さよう。つまり、おれたちが追うのは浪人である」

「それを聞いて、少し肩の荷が下りました」

条吉はそうは言うが、目立たない凡庸な顔は硬いままだった。

「与右衛門と付き合いのある者のことを聞いたが、これがまったくわからぬ。与右衛門と兄の三郎右衛門様は仲が悪く、互いのことを関知していなかったようだ。紹之助様の奥様、あるいはその妹御が生きていらっしゃれば、何かわかったかもしれぬが、もう望めぬこと。いまのところ追う手掛かりは、与右衛門が持ち去った千子村正のみだ」

「その刀がどうして手掛かりになるんです?」

与茂七がきょとんとした顔で言う。答えたのは粂吉だった。

「村正は業物だ。数寄者の間では高値で取引される。刀の状相《じょうそう》がよければ、目ん玉が飛び出るほどの高値がつくはずだ」

「すると、与右衛門はその刀を売るってことですか?」

「さあ、それはわからぬ。でも売れば、かなりの金にはなる」

「そうか、そんなにいい刀なんだ。で、旦那、他には……」

舟をゆっくり操っている伝次郎に、与茂七が顔を向けてくる。伝次郎は紹之助とやり取りしたことをかいつまんで話してやった。

その間に猪牙舟は浜町堀を下り、川口橋をくぐって大川《おおかわ》に出た。伝次郎は棹から櫓《ろ》に持ち替える。大川は水量が豊かだ。

河口が近いので潮の干満の影響を受けるからなのだが、引き潮のときにあたると、遡上《そじょう》する猪牙舟は鈍牛《どんぎゅう》のようにしか進まない。さいわい引き潮ではなかったので、伝次郎が櫓を動かすたびに、舳先《みよし》が力強く水をかき分ける。

水面に跳ねる魚が日の光を受けて輝き、ぽちゃんと水のなかに消える。水嵩《みずかさ》が増しているので澪《みお》も見えない。

しかし、伝次郎はこの川を熟知している。どこの流れが速いか遅いか、深いか浅いか。わずか数年ではあるが、船頭経験の賜物《たまもの》である。

ギッシ、ギッシと櫓が音を立てながら水音と混ざり合う。アジサシの集っている岸辺には赤い薊《あざみ》や青い露草《つゆくさ》が咲いていた。

両国《りょうごく》橋をくぐり抜け、御米蔵《おこめぐら》を横目に見て舟を左岸に寄せていった。これから向かう榊原家は大川の東、南本所石原町《いしわらちょう》にある。

大川沿いの道に架かる石原橋をくぐって、短い入堀に猪牙舟を乗り入れた。そのあたりは埋堀《うめほり》河岸と呼ばれているちょっとした河岸場で、ひらた舟や猪牙舟が舫ってあった。

陸《おか》にあがると、そのまま榊原家に足を向ける。佐谷家ではうまく話を聞くことができたが、榊原家も同じようにうまくいくとはかぎらない。相手が旗本家だけに、伝次郎はいつになく緊張する。

榊原家は佐谷家に比べると大きな屋敷だった。おそらく一千坪は軽くあるだろうか。門も唐破風《からはふ》屋根をのせた唐門で、海鼠塀《なまこべい》をめぐらしてあった。

訪いの声を張ると、待つほどもなく若い男の声が門内から返ってきた。

「どちら様で……」

「南町奉行所の沢村伝次郎と申す。当家に勘当された与右衛門殿のことで少々伺いたい儀《ぎ》がある。ご当主にお取り次ぎ願いたい」

「待たれよ」

伝次郎は粂吉と与茂七を振り返った。二人とも緊張の面持《おもも》ちだ。

しばらくして門が開かれた。

「案内いたしまする」

若い侍であった。しかし、一本差しだから榊原家に奉公している家来だろう。

玄関まで案内を受けると、若い侍は粂吉と与茂七を見て、こちらでお待ちくだされと、玄関横にある床几《しょうぎ》を指し示した。二人はひょいと首をすくめて、そっちへ行く。

伝次郎は玄関をあがってすぐの客座敷に通された。六畳ほどの部屋だ。畳は真新しく、殺風景であるが、襖には金箔《きんぱく》を塗り込んだ虎の絵が描かれていた。

まだ藺草《いぐさ》の香りがした。

「御番所から何用でござろうか」

足音もなく、一方の襖が開き、小柄で齢《よわい》六十過ぎと思われる男があらわれた。いかめしい顔つきだ。

「沢村伝次郎と申しまする。南町奉行のお指図でお伺いいたしましたが、大目付・神尾豊後守様の差配でもありまする」

男は白眉を動かして、伝次郎の前に座った。尖り顔で眼光が鋭い。薄くなった髷には霜が散っていた。

「神尾豊後守様の息がかかっていると申すか……」

ふんと男は鼻で息をしてから、

「それで、あの与右衛門の何を知りたい。人殺しに成り下がった、どうにもしようのないたわけ者だ。わしもとんだしくじりをしてしもうて、いまだに思い返しても腹立たしい」

不遜《ふそん》な顔つきで男は吐き捨てた。

「榊原五左衛門様でございますね」

「わしに会いたいと言うから、来たのじゃ」

頭ごなしに言われると、さすがの伝次郎も言葉に詰まりかける。

「すでに与右衛門殿のことはお聞き及びでしょうが、御当家の婿に入っていたときのことをいくつかお伺いしたいのです」

「なんでも話す。さっさと聞くがよい」

五左衛門は邪険《じゃけん》な物言いをする。その間も伝次郎の目をひたと凝視《ぎょうし》していた。

「何故、与右衛門殿を勘当されたのでしょうか？」

「さようなことを知って、あやつを捕まえることができるのか？」

「何かの役に立つかもしれませぬ……」

「ふん、あのたわけのことを思い出すと、ムカムカと腹が立ってくる。まあよいだろう」

五左衛門はそう言ってから、少しよどんではいるが白目の勝った三白眼《さんぱくがん》をくわっと見開いて、与右衛門が榊原家で起こした数々の不行状をまくし立てた。

六

五左衛門の与右衛門に対する痛烈な悪罵《あくば》は、もはや遺恨《いこん》と言う他なかった。まるで目の前の伝次郎を敵《かたき》に会ったような目でにらみつけ、顔を紅潮《こうちょう》させ、口の端にあぶくのような唾をため、ときに強くにぎりしめた拳を己が膝にたたきつけた。

「どうにもならぬ部屋住みを、丁重《ていちょう》にもらってやった挙げ句がこの体《てい》たらくだ。むろん、嫁になったわしの娘にも、そりゃあ満足はしなかったであろう。背丈は子供並みだし、親が言うのもなんだがおかめ、少々おつむも弱い。しかし、純朴《じゅんぼく》で汚れのない娘だ。何を言われても文句もたれず、言われたことは黙ってやり遂げる。大きな粗相もしなければ、夫を立てるいい女だ。まあ、与右衛門の女遊びも大目に見てやったが、あの野郎、わしの大事な娘を、おのれの妻を足蹴《あしげ》にし、殴りつけて怪我《けが》をさせたのだ。可哀想な娘は、それ以来怯《おび》えた兎《うさぎ》のようになってしもうた。

声をかけても体をふるわせ、部屋の隅に行って身を固くして口が利けなくなった」

「殿様、大まかなことはわかりました」

伝次郎は五左衛門が疲れたように、がっくりうなだれた隙に声をかけた。すると、五左衛門は気を取り直したように、すっと背を伸ばし、胸を張った。

「人には言ってよいことと、言ってはならぬことがある。だが、そなたの顔を見ていると、何故か我が心のわだかまりを何もかも吐き捨てたくなった。そなた、不思議な男よのう」

今度は伝次郎をしげしげと眺める。なんとも見惚《みと》れたような目つきであった。

「いえ、それがしは……」

「沢村殿、公儀目付には武門《ぶもん》の恥と思い、話さなかったことがある」

伝次郎は眉宇をひそめて目を光らせた。

「何でございましょう?」

「わしは家禄四千五百石の旗本だ。采地《さいち》もある。しかしな、寄合になってしもうた。それは我が身の不徳のいたすところなのだ。いまさら悔いてもしかたないが、いずれは勘定奉行か町奉行の座につきたいと思うておった。されど叶《かな》わなかった。その落胆のあまり、賄《まいない》を受け取り遊びほうけたころがあった。怠慢の極みであった。引下勤《ひきさげづと》めを受け、ついには寄合だ。それでも、榊原家を絶やしてはならぬと思い、一粒種の娘・貴江《きえ》との婿養子縁組を進めた。何年もかかったが、ようやく首を縦に振ってくれたのがあのくそ与右衛門だったのだ。ああー、また思い出してしもうた」

五左衛門は、くくっ、くくっと、口を引き結んで悔しがる。

その五左衛門の言う、人に言ってはならぬこと、というのは出世が叶わなかったので自棄《やけ》になって、やってはならぬ賄を受け取り、引下勤めにされ、ついには寄合になったということであった。

それにしても五左衛門は見た目とは違い、腹の内をすっかりさらしてくれた。それはありがたいことだが、伝次郎の目的である与右衛門捕縛の手掛かりになることはまだ聞いていない。

「殿様、与右衛門殿がこのお屋敷にいたときに知り合いが訪ねてきたようなこと、あるいは与右衛門殿と親しくしていた者をご存じありませぬか？」

伝次郎はやっと本題に入れた。

「それはなかった。あやつと親しかったやつのことなど、まったくわからぬ。夜な夜な出かけて酔って帰って来てはいたが、どこをほっつき歩いていたのか知らぬのだ」

「貴江様も……」

娘の名を口にすると、五左衛門はよどんだ三白眼をきらっと光らせた。

「さあ、それはどうであろうか。しかし、あの娘は口を利かぬのだ」

「お目にかかれませぬか」

五左衛門は迷った。視線を彷徨《さまよ》わせ、さっと伝次郎を見つめる。

「そなたに会ったところで口など利かぬであろう。しかし、そなたは人を包み込む不思議な器量を備えているようだ。正直に申すが、御番所の者が来ていると知らされ、すぐに追い返そうと思っておったのだが、そなたに会ったとたんに、わしの気持ちが変わった。この男、できるという勘がすぐにはたらいたのだ」

なんだかくすぐったいことを言われて伝次郎は恐縮するが、五左衛門は真剣な顔つきだった。嘘やおべっかを言う人でないのは、これまでの話でわかっている。

「よし、ものは試しだ。会わせて進ぜよう。しばし待たれよ」

五左衛門はそのまま立ちあがると、衣擦れの音をさせながら座敷を出て行き、しばらく戻ってこなかった。

伝次郎は冷めた茶に口をつけ、開いている障子の外に目を向ける。日の光を透《す》かす青々とした柿の若葉が新鮮だった。どこかで鶯が鳴いている。

廊下に足音がしたのは、小半刻《こはんとき》（三十分）ほど待たされたあとだった。やがて、伝次郎の待つ座敷に、娘の貴江が五左衛門に手を引かれてやってきた。

なるほど小さい。五尺に満たない背丈で痩せこけており、顔には痘痕《あばた》が散っていた。しかし、伝次郎を恐る恐る見る目は、どこまでも澄みきっている。

「お殿様から貴江様のことを聞かせていただきました。さぞや辛い思いをされたのでしょう。苦しかったでしょうね」

怯えたように縮こまっていた貴江の肩が持ちあがり、信じられないというように清らかな目が見開かれた。

「辛い思いをなさったと知り、拙者は心より同情いたします。しかし、やさしいお父上がそばにいらっしゃいます。もう心配はないはずです。どうか心を楽にしてください」

貴江はみはった目をうるませたと思うや、頬に涙のしずくを雫《こぼ》した。

「これ、なぜ泣く。怖いことはないのだ」

五左衛門はそう言って娘の涙を拭いてやる。

「少しお話を聞かせていただけませぬか。いやでしたら何も答えなくて結構でございます。いかがでしょうか……」

貴江は洟《はな》をすすり、片手で口を塞《ふさ》いだ。それから小さくうなずいた。父親の五左衛門が驚いたように目をまるくした。

「思い出したくもないでしょうが、与右衛門殿のことです。夜遊びをしていたようですが、どこへ出かけていたかご存じありませんか」

貴江は澄んだ瞳を泳がせた。

短い間があった。静かな屋敷だが、さらに森閑《しんかん》とした沈黙の間だった。

「や、柳橋《やなぎばし》……」

貴江がつぶやいた。五左衛門はさらに驚いた顔をした。口を利いたとつぶやきもする。伝次郎はかまわずに問いを重ねた。

「柳橋のなんという店かお聞きになっていませんか？」

貴江は首を横に振った。

「では、与右衛門殿のご友人をご存じありませぬか？」

貴江は首をかしげ、わからないという顔をした。与右衛門は友達のことを話していないのだろう。あるいは、貴江と会話をしていなかったのかもしれない。

「友人の名を聞いたこともありませぬか？」

貴江はすぐにかぶりを振った。

「拙者は与右衛門殿を捜さなければなりませぬ。何か手掛かりになるようなことを、ご存じなら教えていただきとうございます。どんな些細《ささい》なことでも結構です」

貴江は短く考えてから、やはり首を横に振った。おそらく与右衛門は貴江と多くの話をしていなかったのだ。そう推量するしかない。

「沢村殿、もうよいか？」

伝次郎は首肯《しゅこう》した。

「貴江、もうよいから自分の部屋に戻っていなさい」

五左衛門に言われた貴江は、ゆっくり立ちあがると、そのまま覚束《おぼつか》ない足取りで部屋から消えていった。まるで幽霊のような儚《はかな》げな歩き方だった。

「こりゃ驚きだ。あの子が口を利いたぞ」

貴江の気配がすっかり消えたところで、五左衛門が驚きの声を漏らし、言葉をついだ。

「しかし、なんの役にも立たなかっただろう」

「いえ、与右衛門殿が柳橋で遊んでいたことがわかっただけでも、お邪魔をした甲斐がありました」

「そんなことであやつを捜せるのか？」

「捜すしかありませぬ」

そう答える伝次郎を、五左衛門はまたもや見惚れたように眺めた。

「そなたは頼れる男のようだ。わしがもう少し若ければ、おのれで捜し出して榊原家の怨みを晴らしてやりたいと思うが、この老体に鞭《むち》打っても与右衛門に勝てる自信はない。ならば、誰かに八つ裂きにされ地獄に落ちるがよいと常から考えていたのだ。公儀目付は役立たずだったが、そなたならやってくれそうだ」

「まずは居所を突き止めなければなりませぬ」

「そうであろう。沢村殿、わしはなんでもする。力になれることがあったら遠慮なく言ってくれ。あの男はろくでもない、いや、そんな言葉では足りぬ外道《げどう》だ、カスだ、蛆虫《うじむし》だ。できることならこの足で踏み潰してやりたいほどなのだ。沢村殿、なんとしてでも捜し出して成敗《せいばい》してもらいたい。あやつが佐谷家の四人を殺したときから、わしはそのことを神仏に祈るように願っているのだ。そなたが頼りである」

「でき得ることをやるのみでございます」

伝次郎は短く言ってから、辞去の挨拶をした。

「ずいぶん長かったですね」

伝次郎が玄関を出るなり、待ちくたびれた顔をした与茂七が声をかけてきた。

「何か聞けましたか？」

粂吉が聞いてくる。

伝次郎は榊原家の門外に出てから答えた。

「与右衛門は柳橋で遊んでいる。おそらく相応の料理屋だろう。その店を探す。それから粂吉、与右衛門の人相書《にんそうがき》を作る。佐谷家に絵師を連れて行ってくれるか。佐谷紹之助様は協力してくださるはずだ」

「承知しやした」

「旦那、おれは何をすればいいんで……」

与茂七が顔を向けてきた。

「おまえはおれといっしょに刀剣屋と質屋をあたる。さあ、はじめるぞ」

伝次郎は自分の猪牙舟に戻るために足を速めた。

七

千草は家事をすませると、その足で鉄砲洲本湊町に足を運んだ。昼を過ぎた頃から暑さが増してきたので、吹きわたる風を受けると心地よかった。

一月の末に火事のあった場所はわかっていたので、久しぶりに行ってみると、もう火事跡もなく新しく普請《ふしん》された商家や長屋があった。火事から三月《みつき》もたっていないが、復活は早い。それでも焼け跡のまま更地《さらち》になっている場所もあった。

千草は須永宗一郎から聞いたことを念頭に、真新しい店に入って松坂屋のことを訊ねてみた。店の者はたしかに松坂屋はあったが、燃えてしまい、いま主《あるじ》一家がどこにいるかわからないと言う。

「どうしてわからないのかしら？」

「そりゃあ松坂屋の勝手だからね。挨拶でもありゃ、こっちも知っているだろうけど、この店は火事のあとで借りたんで、よくわからないんだよ」

薪炭屋の主は顎の無精ひげを撫でながら言う。

「昔からある店はどこかご存じありませんか？」

「そんなら、角の煙草屋で聞いたら早いよ。町の親分のかみさんがやっている店だ」

その煙草屋なら千草も知っていた。しかし、亭主が岡っ引きだというのは初耳だった。

「松坂屋さんねえ。それがわからないんだよ」

店番をしている中年増《ちゅうどしま》の女は、パタパタと団扇《うちわ》であおぎながら言う。

「おかみさんのご亭主は、町の親分でしょ。何か知らないかしら……」

「しかし、おかしなことだね」

「何が……」

千草が怪訝そうに目をしばたたくと、おかみはじろっと見てきた。

「同じことを聞きに来た侍がいるんだよ。松坂屋で何かあったのかい？」

おそらく、その侍は須永宗一郎だろう。

「おかみさんは、お才さんという松坂屋のお嫁さんはご存じ？」

「ほら、それも同じことだ。お才さんなら顔は知っているよ。何度か短い話もしているしね。礼儀正しくて愛想のいい嫁だと思っていたよ。ここに来たお侍にも同じことを言ったんだけどね」

「そのお侍は三十ぐらいで、目鼻立ちがよかったのではありませんか」

「あら、知り合いなのかい。そうだよ。役者かと思ったよ」

やはり須永宗一郎に間違いないようだ。

「それじゃ、須永様という方ですよ。それで、松坂屋さんの大家さんはどこにお住まいなのかしら」

おかみは顔の前で団扇を左右に振った。

「大家はあの火事でいなくなったんだよ。差配していた長屋と表店《おもてだな》が焼けたんじゃ飯の食いっぱぐれだからね」

大家は店子《たなこ》を差配するが、地主や家主に雇われている者は、その建物自体がなくなれば職なしとなる。

「ならば名主《なぬし》さんの家を教えていただけませんか？」

「ほら、須永ってお侍も同じことを聞いたよ。教えてもいいけど、名主は先月ぽっくり死んじまって、それで他の人がやっているんだよ。金兵衛《きんべえ》って人だけど、尼《あま》屋って酒問屋の裏ッ方に住んでるよ。小さな一軒家さ」

尼屋は千草も知っているので、煙草屋のおかみに礼を言って、名主の家に向かった。歩きながら須永宗一郎が、今朝早くこの町で聞き込みをしたのだと思った。なんとも必死の思いを胸に抱いているようなので、千草としては放っておけない。

さて、名主の金兵衛を訪ねたが、

「同じことを聞きに見えた須永というお侍がいるけど、あんた知り合いかい？」

と、千草がつぎのことを聞く前に聞いてきた。

「知り合いと言えば知り合いなんですけれど、うちのお客様なんです」

「お客……」

金兵衛は額に走るしわを深くした。

「わたし、稲荷橋をわたった先で小料理屋をやっているんです」

「ほう、するとあの桜川って店じゃないか。一度行ってみようかと思っていたんだ。そうかい、あんたが女将さんだったのか。こりゃまたいい女がねえ。さぞや商売繁盛だろう」

金兵衛は少し身を乗り出すようにして、千草をあらためて見た。

「まだ店を開けて間もないので、そうでもありません」

「ま、一度寄らしてもらうよ。それで、松坂屋のことだけどね、前の名主の長十郎《ちょうじゅうろう》さんが死んでしまって前の台帳がないんだよ」

台帳というのは人別帳《にんべつちょう》のことで、いまで言う住民票と戸籍簿を足したような書類である。

「どういうことで……」

「火事騒ぎのときに慌《あわ》てて持ち出したらしいんだけど、そのときのどさくさで落としてわからなくなっているらしいのだよ。それであたしが作り直しているんだけどね」

金兵衛は情けなさそうに眉尻を下げる。

「そうなんですか」

千草は帰るしかなかった。自分にできるのはそこまでだ。それに、須永も同じ調べをやっている。

「しかたないわね」

表道に戻った千草は小さく独りごち、ため息を漏らした。


その頃、須永宗一郎は外堀から竜閑川《りゅうかんがわ》、浜町堀と名を変えて流れる堀川の入り口に架かる竜閑橋のそばにいた。柳の下に近所の者が置いたのであろう、古い床几があり、それに座っていた。

あかるい日の光を照り返す水面に自分の影が映り込み、ちぎれ飛んできたらしい木の葉がさざ波に揺れている。その木の葉をじっと見つめながら、

（沈む瀬あれば浮かぶ瀬あり）

と、いう諺《ことわざ》を自分の身の上に合わせて胸中でつぶやく。

藩から見放された身である。そもそも貧しい下士《かし》身分だったので、召放になっても未練はなかった。それより武士の矜持《きょうじ》を捨て、土塊《つちくれ》にまみれる百姓になると決めた瞬間から曇った空が晴れるような心持ちになった。

しかし、問題は逃げた妻・友のことである。誤解をされたままでは寝覚めが悪いし、逃げた妻をあっさり見放すような薄情者でもない。捜し出したらよくよく話し合って誤解を解き、また一からやり直したいと思う。友のお腹には新しい命も宿っている。その子のためにも妻と縒《よ》りを戻さなければならない。

さりながら、友の行方もわからなければ、頼っていったであろうその妹のお才の行方もわからずじまいである。

それでも須永はあきらめていない。必ずや妻を捜して国許に帰ると、固く心に誓っている。だが、その前に金がいる。すぐに連れ戻すことができると安易に考えて江戸にやってきたが、そうはならなかった。

潤沢な金を持って来たのではない。そもそも金に余裕はないのだ。有り金をかき集めて江戸に来たが、あっという間に手許不如意《てもとふにょい》になってしまった。

頼みは幼なじみの栗原重蔵である。重蔵は相談を持ちかけると、何とかすると言ってくれた。持つべきは友人だと思ったが、その重蔵はなかなかやってこない。

須永は堀川から顔をあげると、人通りまばらな鎌倉《かまくら》河岸のある広場に目を向けた。

げる。

　重蔵の姿はない。

（あやつ、何をしておるのだ）

　待つこと半刻《はんとき》（一時間）、だんだん心細くなってきた。もしや、色よい返事だけをして知らんぷりを決め込んでいるのではないだろうなと、悪い考えが鎌首《かまくび》をもたげる。

　重蔵には冷たい一面がある。いや、やつは友を裏切るような男ではないとすぐに否定し、金の算段に苦労しているかもしれないといいほうに考え直す。

　お城の上を飛んでいた鳶《とんび》が近くの空にやってきて、笛のような声を降らしてくる。

　ピーヒョロロー、ピーヒョロロー……。

　あの鳥に不安や心配事はないのだろうかと、ぼんやり考え、自分が鳶なら空の上から妻を捜すことができるのだがと、叶《かな》いもしないことを考えて鎌倉河岸に視線を戻した。

　そのとき、重蔵が町屋の角からあらわれた。

（やっと来たか……）

須永はほっと安堵の吐息を漏らして床几から立ちあがった。だが、つぎの瞬間、須永は心《しん》の臓《ぞう》をどきんと脈打たせ、顔を硬直させた。

第三章　人相書

一

　須永宗一郎は重蔵の姿を見てほっとしたが、つぎの瞬間、重蔵の前を歩いている男に気づいた。徒頭《かちがしら》の比留間練兵衛《ひるまれんべえ》だったからだ。

　組内一のうるさ型で、曲がったことが大嫌いな頑固一徹《がんこいってつ》の男だ。ほんの些細な粗相をしても鬼の形相で烈火の如《ごと》く怒鳴りつけるので、家来衆は比留間の前では戦々《せんせん》恐々《きようきよう》となり、身も心も縮める。

　須永は自分の顔を隠すように菅笠《すげがさ》を被り直した。比留間のあとについている重蔵が、首を振っている。逃げろという意思が伝わってきた。

ている。

（どうして、あの人が……）

須永は近づいてくる比留間を菅笠の陰から盗むように見る。威厳を保つように胸を張って歩くのは、常と変わらない。大きなぎょろ目を自分の進むずっと先に向けている。

須永はその場からそっと離れるように数間《けん》進んだ。しかし、重蔵には金を借りる約束をしている。いまは金がいる。重蔵は金の算段をしてきたはずだ。

（それなのに……）

誰もが畏怖《いふ》する比留間といっしょだ。

須永は立ち止まって背後を振り返った。「あ」と、胸の内で悲鳴を漏らした。比留間とまともに目が合ったのだ。とたんに比留間のぎょろ目がさらに大きく見開かれた。後ろについている重蔵がしかめ面《つら》をした。

「これは、須永ではないか」

名を呼ばれた須永は顔を凍りつかせた。だが、いまは自分の上役ではない。恐れることはないと思っても、ドギマギしている自分に気づく。

「こっちへ来い。話がある」

低く抑えた声には威嚇《いかく》のひびきがあった。須永は観念して、後戻りをすると、

「ご無沙汰をしております」

と、菅笠を脱いで深く頭を下げた。

「おう、久しぶりじゃな。きさま、召放になったそうだな。聞いておるぞ」

「は、それには……」

「なんだ。この期《ご》に及んで言いわけをするか。見苦しい。嘘をついて藩の掟《おきて》を破った不届き者が。わしはとんだ恥を掻いたのだ」

「も、申しわけもありません……」

「こんなところで何をしておるんだ。いや、その前になぜ嘘の届けを出した」

比留間はまばたきもせずににらみ据えてくる。肩越しに見える重蔵は、しくじったという弱り目をしている。

「それは私事でありますゆえ……」

「なに」

比留間はぐいっと眉尻をあげて、一歩詰めてきた。須永は怖《お》じけながら一歩下がる。比留間はまわりに人の目があるから声を抑えてはいるが、その形相はすっかり

須永を威圧していた。

「はっきり言え。いまさらとやかくは言わぬが、知らぬ仲ではないのだ」

「その、妻が思い違いをし出奔いたしまして、捜すために……」

「それで嘘の届けを出したというわけか。たわけが。愚かなことをしおって、何故ご新造《しんぞう》は思い違いなどをしたのだ？」

須永はどうしてこの人に、こんな話をしなければならぬのだと、胸の内で舌打ちをして顔をしかめる。だが、話さなければこの場をしのぐことはできぬだろう。

「はは、その拙者が高砂のお定と密通したというまことしやかな噂が流れ、それが妻の耳に届いたのです。決してさようなことはなかったのですが、妻は信じたようで……」

比留間はふんと鼻を鳴らした。

「あの高砂のお定とおぬしが……あの女はとんだ食わせ者だ。さようなことであったか。それでなぜ江戸におる？」

「妻が江戸に逃げたというのがわかっています。その妻は身重なのです。それで……」

言葉を濁す須永を比留間は、ものめずらしそうに眺める。

「月代《さかやき》もひげも剃っておらぬようだな。苦労が顔ににじみ出ておる。みっともない」

「お恥ずかしいかぎりで……」

「だが、不憫《ふびん》なことよ。そんなくだらぬ噂で妻に逃げられ、役儀召放になるとは……。須永」

「はい」

「困っているのだろう」

「は……」

「これを持っていけ」

比留間はさっと懐に手を差し入れると、財布を取り出して、そのまま須永にわたした。これには驚かずにはいられなかった。須永は財布と比留間の顔に視線を往復させた。

「見ればわかる。おぬしは元はわしの家来だったのだ。不憫《ふびん》な思いをしているおぬしを見捨てることはできぬ」

思いもよらぬ言葉だった。須永は胸を熱くした。

「おい、栗原。おぬしは須永と懇意であったな。困っている友を見て黙っておるのか。持ち金を出せ」

言われた重蔵は戸惑い顔をしたが、すぐに懐に手を入れて財布を出した。

「さあ、持っていけ。遠慮はいらぬ。武士がいったん出した物は引っ込められぬのだ。潔《いさぎよ》く受け取るのも武士。断りなどいらぬ」

なんという温情であろうか。須永は比留間の熱き心に感激した。目がうるみ、涙を堪《こら》えるために唇を強く結び、ふるえる声で、

「かたじけのうございまする、かたじけのうございまする」

と、深々と頭を下げた。その場で土下座をしたくもなった。

「見つかればよいな。見つけて健《すこ》やかなやや子を授かるのだ。では栗原、まいるぞ」

そのまま比留間は重蔵を連れて、竜閑橋をわたっていった。

深々と腰を折っていた須永が顔をあげたとき、その二人は橋の先を歩いていた。と、重蔵が振り返って、よかったなというように破顔《はがん》し、白い歯を見せた。

須永は涙を堪えた顔で、何度もうなずいた。

（かたじけない、かたじけない）

心中でつぶやきながら、この恩は決して忘れない。いつか必ず恩返しをすると胸の内に誓った。

だが、その前に妻を捜さなければならない。

須永は現実に立ち返ると、そのまま竜閑川沿いの道を辿《たど》り、今川橋《いまがわ》をわたって通町《とおりちょう》に出た。

もう一度、本湊町へ行って、友とお才のことを聞いてまわろうと思った。

栗原重蔵は前を歩く比留間練兵衛の広い背中を眺めながら、おれはこの人を誤解していたと思った。

じつはその朝、懇意にしている同輩らに声をかけて、些少《さしょう》ではあるが少しずつ金を借りまわっていたのだ。妻捜しに困窮《こんきゅう》している須永のことを思ってのことだった。

しかし、集まったのはわずか、二両にも満たなかった。それでも幾ばくかの足しにはなるだろうと思い、須永に会うのを楽しみにしていた。

ところが、昼前に上役の比留間から、島原《しまばら》藩松平家へ行くので供をするように命じられた。生実藩の当主・森川内膳正の父は島原藩松平家の生まれで、縁戚関係にあり、比留間は剣の腕を見込まれ、ときどき島原藩上屋敷にて剣術指南をやっていた。

重蔵は須永のことがあるので断りたかったのだが、相手は強面《こわもて》の上役、しかも徒頭の比留間では断ることができない。

須永に申しわけないと心の内で詫びながら、竜閑橋の近くまで行ったとき、比留間が須永に気づいたのだった。

これはまずいことになったと、重蔵は唇を噛んだが、意外な展開と結末になり、比留間練兵衛を見直したのだった。

（おれはこの方についていこう）

あとに従う重蔵は、比留間の逞《たくま》しい背中を見て思い、親友である須永が無事に妻を捜し出すことを祈った。

二

千草は忙しく立ちはたらいていた。

暖簾を掛けると、日が暮れる前から近所の職人連中が四人も入ったからだった。それもみな一見客《いちげん》で、いたく店の料理を喜び、また冗談を言えばそれにうまく反応する千草の客あしらいを気に入ったようだ。

「女将、いったいどこで商売を覚えたんだい。やけにこなれてるじゃねえか」

したり顔で両頬を赤くした太った大工が聞いてくる。

「ほんとのこと言うと、深川のほうで小さな飯屋をやっていたことがあるんです。どうかこれに懲りず、また来てくださいな」

「何が懲りるもんか。なあ、みんな」

太った大工は、仲間の顔を見て頬をゆるめる。

「ああ、この烏賊《いか》の刺身なんか他じゃ食えねえぜ。それによ、女将の後ろ姿、ちょいと裾《すそ》からのぞく足がいい肴だ」

ケッケッケと、痩《や》せた大工が笑う。

「あれあれ、そんなこと言ってると、おかみさんのここに角《つの》が生えますよ」

千草は二本の箸を頭に立てて言う。

「その心配はいらねえさ。このスケベにゃ来てがねえんだ。この面《つら》じゃどんな女だって寄りつきゃしねえよ」

「おい元公《げん》、ひでえこと言いやがる。これでも嫁捜ししてんだ」

「ひょー、そりゃあ初耳だ。よし、おめえが嫁をもらったら盛大に祝ってやるぜ」

「ほんとうだろうな」

「男に二言はねえさ。花車《はなぐるま》を作って、それに花嫁を乗せて町中を練り歩くってのはどうだ。それとも、山車《だし》を出してご両人のお披露目でもやってやるかい」

カーカッカッと、太った大工は前歯のない大口を開けて笑う。

他の仲間も元公と呼ばれた痩せ大工を冷やかすようにして笑った。

「あれあれ。元公さん、どうせご冗談でしょうから、楽しく飲んでください」

千草は仲間に茶化された元公に酌をしてやった。

「あれー、そりゃねえな。おれにもやってくれよ」

ぐいっと飲みほした盃を差し出すのは、さっきから「安公《やす》、安公」と、呼ばれているまだ二十歳ぐらいの男だった。

千草は「はい、はい」と、気軽に応じて酌をしてやる。

「なんだなんだ、安公、てめえも隅に置けねえ野郎だな。この女将にはいい亭主がいるんだ。口説こうたって無理な話だぜ」

元公が手の甲で口を拭《ぬぐ》いながら言う。

「まさか、口説けるわけねえでしょう」

でも、どうかなと、安公は千草を恥ずかしそうに見て、すぐうつむいた。それを見た仲間がどっと笑う。

その四人の客がご機嫌な様子で帰っていくと、ぱたりと客足が止まった。

千草は一度表通りを眺めた。すっかり夜の帳《とばり》は下りているが、月のあかりが暗い道を白く浮きあがらせていた。それでも人通りはほとんどないに等しかった。

商売はわからないもの。とくに飲食の商売は、早く客が入るときもあり、まばらなときもある。かと思えば、閉店近くになって急に忙しくなるときもある。

商売の経験があるから千草は慌《あわ》てたりしない。土間席にちょこんと座って、淹《い》れ立ての茶を飲みながら客を待つ。

ぼんやりと伝次郎のことを考える。どんなお役を受けているのか知らないが、粂吉と与茂七を連れていったのだからよほどのことだろうと思う。客が入らなかったら、このまま帰ってしまおうかと、そんな誘惑にも駆られる。やはり心の隅で伝次郎のことを心配しているのだと気づく。

「どうしよう……」

そう独《ひと》りごちたときに、ふらっと戸口に人の気配を感じた。

「まだよいだろうか」

須永宗一郎だった。

「ええ、もちろんです。どうぞ」

千草は立ちあがって板場のそばまで下がってから、

「あの、奥様は見つかりましたか？」

と、訊ねた。

「いや、まだだ」

「それは残念ですね。でも、きっと見つかりますよ」

千草は気休めを言ったあとで、つけるのかと聞いた。須永はつけてくれと言って床几に腰を下ろした。深いため息をつくのが、千草のいる板場まで聞こえてきた。

千草は手早くつけた酒と、小鉢に烏賊の塩辛を入れて運んでいった。

「じつは今日、本湊町へ行って松坂屋さんのことを聞いてきたんです。でも、須永様が先にお訪ねになったあとのようでした」

「行ってくれたのかね」

須永は少し驚き顔をして、それはすまなんだと礼を言った。

「あの、奥様のお名前は何とおっしゃるんでしょうか？　お才さんのお姉様なんですよね」

「友《とも》だ」

「行き先に心あたりも当てもないのでしょうか？」

須永は黙って酒に口をつけ、短い間を置いてから答えた。

「それがあれば、苦労はせぬ。しかし、どこかで暮らしているはずだ。妻は身籠もっていてな。拙者がいなければ、不憫な思いをさせることになる」

千草は長い睫毛《まつげ》をしばたたいた。

「なぜ、奥様は江戸へ……」

「それは……」

須永はそう言ったあとで、大きく嘆息した。盃を持った手を膝に置き、遠くを見るように壁の一点を凝視《ぎょうし》した。

「きっと深い事情《わけ》がおありなのですね。でも、おこがましいかもしれませんが、わたしは力になれるかもしれません」

須永が顔を向けてきた。

「ここだけのことにしていただきたいのですが、わたしの連れ合いは町奉行所に勤めているのです」

須永の目がくわっと見開かれた。

「まことでござるか」

「嘘ではございません。でも、あまり他言《たごん》されたくないので、ここだけのことでお願いいたします。ですから少しは力になれると思うのです」

「さようか、さようであったか。いまとなっては術《すべ》なきときの神頼みである。わたしは江戸にあまり詳しくない。幾人かの知己はあるが、あまり頼りにできぬ。もし、力になってくだされば、恥を忍んで話そう」

須永はくっと盃を干してから話しはじめた。

三

「与茂七、今日は忙しくなる。そう心得ておけ」

朝餉をすませたばかりの伝次郎は、味噌汁をすすっている与茂七に声をかけ、千草から淹れ立ての茶を受け取った。

「あの」

千草が何か言いかけたとき、玄関に粂吉の声があった。

「おはようございます」

「粂吉さんだわ」

千草が玄関に顔を向けて言うと、伝次郎がすぐに入れと、声を返した。粂吉はすぐに居間の前にやってきて、

「旦那、人相書ですが、今日の昼前には出来ます。佐谷様は快く力を貸してくださ

り、絵師の描いた似面絵《にづらえ》を見て何度も感心されましたので、出来はいいはずです」

「それはよかった。それで何枚ほど摺《す》れるのだ」

「とりあえず二十枚頼んであります。足りなきゃすぐに摺れますが、どうします？」

「当面二十枚あれば、ことは足りるだろう。ご苦労だった」

「で、旦那たちのほうは？」

粂吉は伝次郎と与茂七に視線を往復させた。

「まだ引っかかりはない。今日もあたるが、人相書が出来るまでおまえも手伝ってくれるか」

「承知しやした」

「粂吉さん、朝ご飯がまだなら食べますか？」

千草が声をかけた。

「いえ、もうささっと食ってきましたんで。ありがとうございます」

「粂吉、どうせ冷や飯だろう。遠慮はいらぬぞ」

伝次郎も勧めたが、

「いえ、ほんとうに結構です」

と、遠慮をする。

「ならば出かけるか」

伝次郎が立ちあがると、与茂七が慌てて奥座敷へ行って大小を持ってきた。

「今日も舟で行くんですか?」

与茂七が刀をわたしながら聞く。

「いや今日は歩きだ」

伝次郎が答えると、与茂七がさっと土間に下りて、雪駄《せった》を揃えてくれる。

「では、行ってまいる」

伝次郎は千草を振り返ってから、

「さっき、何か言いかけたが、なんだ?」

と、問うたが、

「いえ、なんでもありません。つまらないことを思い出しただけです」

「さようか」

千草はふっと口の端に笑みを浮かべたが、何かあるのだなと、伝次郎は感じた。

しかし、あえて聞かないで玄関を出た。

昨日に引きつづき晴天である。雲は空の片隅に浮かんでいるだけで、鶯と目白のさえずりが町屋に響きわたっている。

「与右衛門は家の金を持って姿をくらましている。持ち去ったのは百数十両だ。贅《ぜい》沢《たく》をしなければ十年はゆうに暮らしていける」

伝次郎はこれから先の探索を考えながら話す。

「だが、昨日聞いたかぎり、与右衛門は倹約などしない性癖のようだ。後先考えずに使うだろう。それはそれとしても、佐谷家の家宝である千子村正を持っている。おそらく金に換える肚だろう。昨日の聞き込みでまわった店にはまだ、村正を持ち込んだ者はいなかった」

「旦那、村正を自分の刀にして、それまで使っていたものを売るということもあるのではございませんか」

粂吉が言う。

「うむ、そうするかもしれぬ。与右衛門が持っていた刀は数物だ。そうなると、やはり人相書がものを言うことになるが、ひとまずは聞き込みを先にやる。日が暮れたら柳橋の料理屋をあたっていく」

「旦那、他にはなにか手掛かりはないんですかね」

与茂七が聞いてくる。

「いまは他にはない。いずれ尻尾をつかめる種《たね》（情報）が入ってくればよいが……」

伝次郎は足を速めた。

聞き込みは佐谷家に近い町屋からはじめた。まずは刀剣屋であるが、質屋や道具屋もあたる必要があった。

昨日、伝次郎は佐谷家に近い若松町と村松町界隈の店を、与茂七とまわっているが、今日は少し聞き込みの範囲を広げ、両国界隈から本町通《ほんちょうどお》り沿いの町屋と、大《おお》門《もん》通りに沿った町屋にある刀剣屋を虱潰《しらみつぶ》しに聞き込むことにしていた。

それだけでかなりの数であるが、与右衛門は他の町にある刀剣屋、あるいは質屋や道具屋を使っている、あるいはこれから使うかもしれない。

根気のいる探索だが、怠《おこた》ることのできない聞き込みである。

四

伝次郎たちを送り出した千草は、洗濯と家の掃除をしていたが、ときどきため息をついて動かしていた手を止めた。

伝次郎に須永宗一郎のことを相談しようと思ったが、忙しそうにしているし、大切な役目を仰せつかっているのだと考え、打ち明けるのをやめてしまった。話してしまえば、きっと伝次郎は気にかけ、ただでさえ忙しいのに何か知恵をまわし、そして動くだろう。

そのことに気づき、言いかけてやめたのだが、ちょうど粂吉がやってきてよかった。

しかし、須永の妻捜しを自分なりに手伝ってあげたい。

昨日、須永から事の真相を打ち明けられ、ますますその気になっていたが、果たして自分に何ができるだろうかと考えると、よい知恵が浮かばない。

(でも、何とかしてあげなければ……)

千草は胸の内でつぶやき、障子の桟《さん》にかけていたはたきを仕舞い、急いで着替えにかかった。

松坂屋の主夫婦がどこへ家移《やうつ》りをしたのか、それを調べなければならない。引っ越し先さえわかれば、須永の妻・友に会えるはずだ。

草履を突っかけると、そのまま家を出た。今日は仕入れをやめて、店はありものだけですませばよいと考えていた。

須永が役儀召放になったのは、不運としか言いようがない。ありもしない噂を流され、妻の友は誤解をして出奔したのだ。それにしても、心ない噂を流す人の気が知れない。

そのことを須永に言うと、

「それもわたしの不徳のいたすところ。わたしに隙があったという他ありませぬ」

と、心底弱り切った顔をした。

そのとき千草は、この人は正直な人だと思った。だから、ますます力になってやりたいと考えた。

川口町の家を出た千草は、霊岸島《れいがんじま》銀町《しろがねちょう》三丁目にある小さな旅籠《はたご》を訪ねた。上《かみ》方《がた》から江戸にやってくる樽廻船《たるかいせん》や菱垣《ひがき》廻船の船頭や水夫《かこ》らが使う安宿である。新川《しんかわ》の近くにはそんな旅籠が何軒かあった。

須永が止宿《ししゅく》している小野《おの》屋という旅籠もそうであった。

「朝早く出かけられましたよ」

帳場にいた番頭に須永のことを訊ねると、そんな答えが返ってきた。当然、行き先などは知らなかった。

おそらくもういないだろうと予想していたので、千草はそのまま鉄砲洲本湊町に足を向けた。

松坂屋は長年本湊町で商売をしていた店である。誰か火事騒ぎのあとのことを知っている者がいても不思議ではない。また、松坂屋が律儀で義理堅い商売人なら、世話になった贔屓《ひいき》の客に連絡をしているかもしれない。

捜す大きな手掛かりがないので、地道に町の人たちに聞いていくしかない。

(きっと知っている人がいるはずよ。いなければおかしいわ)

千草はそう思っている。

本湊町に入ると、手当たり次第に松坂屋のことを聞いてまわった。すると、少しずつ松坂屋の主・宇兵衛《うへえ》の人となりがわかってきた。

もっとも、よく言う人もいれば、悪く言う人もいるので、話半分ではあるが、総じて宇兵衛がずぼらな男だというのはわかった。なかには借財があったようだと言う人もいた。

借財があれば、火事騒ぎに乗じこれ幸いに逃げたということになる。そうなると、親しく付き合っていた者にも連絡しないのではないかと考えもする。

それは川上屋《かわかみ》という明樽《あきだる》問屋の手代だった。新兵衛《しんべえ》というまだ二十代半ばの色の白い男だ。

「お才さんの姉さんかどうかわかりませんが、見かけたことがあります」

「それはいつ？」

「火事になる少し前だったと思いますよ。こんなこと言うと失礼ですが、お才さんより器量がよくて、すらっとした人でしたね」

「それじゃ、妹のお才さんは太っているのかしら……」

「太っていると言うより、まあ、固太りと言うんですか、肉付きがいいと言えばいいが、そんな感じでした。姉妹なら顔も似ているんでしょうが、そうは見えなかった気がします。いえ、わたしもよく見たわけではないので……」

「こちらのご主人は、松坂屋さんとは古い付き合いなのかしら？」

千草は店の奥をのぞき込んでから、新兵衛に顔を戻した。

「呼んでまいりましょうか」

千草はお願いすると言った。

待つほどもなく喜三郎《きさぶろう》という主がやってきた。

「松坂屋さんのことならわからないね。どこに消えちまったんだろうね。だけど、あの若旦那は……そうか、いまはあとを継いだんだから旦那だけど、どうしてるんだろうね。でも、何でそんなことを訊ねられるんで？」

喜三郎はぷっくりした顔にある豆粒のような目を向けてくる。

「話せば長くなるんですけど、主・宇兵衛さんのおかみさんの姉さんを捜しているんです。いろいろ込み入った事情がありまして……」

「そうかい、まあ人にはいろいろ事情ってもんがあるからね」

「宇兵衛さんとは親しい仲なんですね」

「親しくなんかないよ」

喜三郎は顔の前で忙しく手を振って言葉をついだ。

「亡くなった先代の弥兵衛《やへえ》さんはまめな人で、そりゃあ商売も熱心でしたが、あの宇兵衛はどうもねえ」

喜三郎は言葉を濁す。

「わたし、他ではなにも言いませんから。教えてください」

「うーん、あんまり人の悪口は言いたくはないけど、あの宇兵衛は飲む打つ買うの三拍子揃った道楽者だったんですよ。それに、あんまりよろしくない連中と付き合ったりしておりましてね。まあ、その悪い癖も先代が死んでからマシになったようだけど、わたしらが知らないだけかもしれない。うまく店を切りまわしていたようだけど、じつは火の車だったという話もちらほら聞こえてきましたからね」

「それじゃ、借金を抱えていたんでしょうか？」

「まあ、なんとも言えないけど、逃げるために宇兵衛が火をつけたんじゃないかって、陰口をたたく者もいます。じつのところはどうかわかりませんが……」

松坂屋宇兵衛はあまり感心できない男かもしれない。

「松坂屋さんのことをよく知っている人を、ご存じありませんか？」

「それだったら藤助《とうすけ》って表具師《ひょうぐし》がいます。宇兵衛と年も同じで、年中いっしょに遊びまわっていた男です。いまは真面目な職人になっていますが、藤助だったら何か知っているかもしれませんよ」

「その表具屋はどこにあるんでしょう？」

「南八丁堀四丁目です。あの辺で聞けばすぐわかるでしょう」

千草は礼を言って川上屋をあとにした。

なんだか調べがうまくいきそうな気がしてきた。

五

そこは永代寺門前山本町《えいたいじもんぜんやまもとちょう》にある、二階の窓から油堀《あぶらぼり》を眺められる長屋だった。

隣は永代寺の境内で、四つ（午前十時）を告げる時《とき》の鐘《かね》の音が、それまで聞こえていた鳥たちのさえずりをかき消していた。

与右衛門はだらしなく羽織った浴衣姿で、窓辺にもたれ煙管を吹かしながら目の前の川を行き交う舟を眺めていた。

燦々《さんさん》と降り注ぐ日の光が、川面できらきら輝いている。

煙管の灰を掌に打ちつけ、コロコロ動かし、ふっと吹き飛ばした。灰は川には届かず、すぐ下の河岸道に落ち、そのまま土と溶け合って見えなくなった。

与右衛門は襟をかき合わせてから体を反転させ、窓に背中を預けて足を投げ出した。

「まだ寝てやがる。よく寝るやつだ」

夜具にしどけない姿で横になっているお琴《こと》を眺めて毒づいた。時の鐘が鳴り止んだのはそのときだった。

「そろそろ起きねえか」

もう一度声をかけたが、お琴はすやすやと寝息を立てている。太股をあらわにし、片方の乳房が乱れた寝間着からこぼれている。その乳房はきわだって白く、豊かだった。

「ふん」

与右衛門は鼻を鳴らすと、しばらくお琴の寝姿を眺めた。

佐谷家で女四人を殺したその足で、吉原《よしわら》に向かった。馬鹿高さにあきれ返って、翌日には深川に入って料理屋でさんざん飲み食いしたあとで、店の番頭に〝女〟を斡旋《あっせん》しろと頼んだ。

それなら置屋《ドヤ》に行ったらいいと言われ、その場所を教わり女を買ったが、面白みに欠けたし、大年増《おおどしま》だった。

それからまた数日深川で遊んでいる内に、お琴と知り合った。お琴は出居衆《でいしゅ》と呼ばれる女郎《じょろう》だった。つまり、娼妓置屋《しょうぎおきや》に抱えられていない女だ。

声をかけてきたのもお琴だったが、与右衛門は冷やかし半分で誘いに乗った。ところが思いもよらず、お琴は与右衛門好みの女でしかも床《とこ》上手であった。

「よし、おまえをしばらくおれのものにする」

ぽんと、その場で十両をわたした。お琴は目をまるくして驚いたが、直後にはさも嬉しそうにしなだれかかってきた。

深川の女郎は高くても七匁五分《もんめぶ》（約七百五十文《もん》）だ。お琴は〝ドヤのかか（置屋の女主）〟の世話にならない出居衆なので、一晩遊んでも五百文と安かった。お琴が十両という大金に目を眩《くら》ませたのは言うまでもない。

それから半月以上、いっしょに暮らしている。その部屋はお琴の長屋で、一階にも部屋がある。そういう長屋に住んでいるのは、一階を揚屋《あげや》として使っていたからだ。

わずか半月ほどの付き合いのなかで、与右衛門はお琴の素性を知った。生まれは下総の百姓の出だが、元は吉原の女郎だった。吉原女郎は十年年季というのが固く守られている。お琴は十五で身売りされ、二十五で年季が明け、いまは二十六歳。

年季が明けたからといっても、身請けされないかぎり金はない。結局、生きていくには吉原と同じように春をひさぐしかないのだ。

お琴が出居衆になったのもしかたないことだった。もっとも、出居衆のなかにはやくざの亭主がいたり、子供を持っている者もいるが、お琴は正真正銘の独り者だった。

「おい、そろそろ起きねえか」

もう一度声をかけると、お琴がゆっくり目を開けたが、すぐに日の光が眩しくて上掛《うわがけ》を頭に被った。

「もう四つを過ぎた。飯の支度をしろ」

与右衛門が命じると、ようやくお琴は半身を起こして、

「わかりましたよ」

と言って、ゆっくり立ちあがった。惜しげもなく裸身をさらし、すぐにその身を乱れた寝間着で繕った。

お琴が梯子段を下りて一階に行くと、与右衛門はまた窓の外を眺めた。

これからどうするかと、いつも考える。自分が人殺しで追われる身だというのもわかっている。追ってくるのは公儀目付だろうが、

（なあに、すぐには見つけられはせぬ）

と、根拠のない自信があった。

だが、いつまでもこんな暮らしがつづくとは思ってはいない。目付に捕まる前に何とかしなければならないが、怠け癖が身に染みついているせいか、いい知恵が浮かばない。

救いは金があることだ。屋敷を出るとき、金を漁《あさ》ったが、まさかあのくそったれの兄がへそくりをしていたのには驚きもし、おれにはツキがあると思いもした。

ずっと部屋住みで邪魔者扱いをされ、兄の三郎右衛門には邪険《じゃけん》にされてきた。できることなら、その兄も紹之助も殺してやりたかったが、

（まあ、しかたがない）

と、思う。

それより先のことをそろそろ真剣に考えなければならない。こんなところでくすぶっていては身を滅ぼしかねないという危機感がある。

「旦那様、旦那様」

お琴が下から呼んでいる。飯の支度ができたと、言葉が足される。与右衛門は生返事をして階下に下りた。

四畳半と三畳の二間がある。四畳半が居間で、奥の三畳間は少ない着物と化粧道具などを置いているだけで、がらんとしていた。

「たんと召しあがってくださいな」

お琴はすっかり女房気取りだ。蜆《しじみ》の味噌汁をわたしてくれる。おかずは鰯《いわし》の煮物と納豆である。

「今夜はもっとマシなものを作りますから、朝はこれで堪忍してくださいませ」

「これで十分だ。贅沢は言わぬ」

与右衛門は飯を頬張る。この女をどうしようかと考える。惚れられているわけではない。お琴の目当てが金だというのは先刻承知している。

お琴は自分が金を持っているのを知っている。もちろんその金を見せたことはないが、気づいているふうだ。だから離れようとしない。

「あなた様は好いお人。知り合えてようござんした。袖にしないでおくれまし」

媚《こ》びる目をして、ときどきそんなことを言うが、本心ではないはずだ。だが悪い気はしない。

与右衛門は自分が女にもてないことを知っている。顔の造りは並み以下だ。それも金壺眼がいけないのだとわかっているが、直しようがない。自分の顔つきを恨むなら、親を恨むしかない。

「お琴、知恵を貸せ」

「へえ、なんざんしょ……」

お琴は長い睫毛を動かして小首をかしげる。器量は悪くない。小さな口、柳眉《りゅうび》の下には涼しそうな細い目。鼻もほどよい高さで、色も白い。さんざん男どもに弄《もてあそ》ばれたわりには、体型はさほど崩れていない。

「商売をやるとしたら何がよいか」

「商売……」

お琴はまばたきをして、口を開けた。

「ああ、おまえがやるとしたらだ。身売りじゃない、ちゃんとした商いだ」

「でも、元手はいかがされるのです」

お琴の目に、他人の懐を漁るような卑《いや》しい光が宿った。されど与右衛門は意に介《かい》さず、

「心配には及ばぬ。どうにでもなる。何か考えろ」

と、何食わぬ顔で飯を頬張り、味噌汁をすする。

お琴が真顔になって思案している。

「今日明日でなくともよい。何か思いついたら話せ」

「急にそんなこと言われても、すぐには浮かんできませんけれど、考えていたことはあるのです」

「なんだ？」

与右衛門は箸を置いてお琴を見る。

「あとでお話しします。あまりにも急のことだから考えがまとまりません」

「ならば、まとまったところで教えてくれ」

与右衛門はまた箸をつかんだ。

六

藤助という表具師の家はすぐに見つかったが、あいにく留守だった。仕事場になっている長屋の部屋には、背中に赤子を負ぶった女房が留守番をしており、千草が訪ねて行くなり、

「注文ですか？」

と、聞いてきた。

「いえ、そうではないんですけれど、藤助さんにお伺いしたいことがあるんです」

「お急ぎでなかったら、じきに帰ってくるはずです。掛け軸をお客さんに届けに行っているんです」

「それじゃ、待たせていただいてよろしいですか？」

「汚いところですが、どうぞ」

藤助の女房は背中の赤子をあやしながら、尻をずらして、千草に座る場所を提供した。

そのまま二人はしばらく黙っていたが、

「あの」

「あの」

と、同時に声を発して、お互いに笑いあった。

千草がお先にどうぞと言うと、

「うちの人の知り合いですか？」

と、穿鑿《せんさく》する目を向けてきた。

「いえ、藤助さんの友達で、松坂屋という瀬戸物屋の宇兵衛さんのことで知りたいことがあるんです」

「宇兵衛さん、松坂屋……」

女房は小首をかしげた。

「ご存じありませんか？」

「いいえ。あの人の友達なら、何人かいますけど、宇兵衛さんなんて名前は初めて聞きました」

「……そうですか」

藤助は宇兵衛のことを話していないのだろう。それから会話が途切れ、しばらくして女房は自分の家に行ってくると言って千草に留守番をまかせた。

それからもう小半刻《こはんとき》はたつが、藤助も帰ってこなければ、女房も戻ってこない。

藤助の仕事場になっているその部屋には、唐紙や障子紙などの束があり、紙鋏や糊壺《のりつぼ》、刷毛《はけ》といったものが散乱していた。壁には唐様《からよう》の軸がかけてあり、ボロボロになった屏風《びょうぶ》が壁に立てかけてあった。

女房が戻ってきたのは、それからさらに小半刻後のことだった。

「子供を寝かしつけていたんですけど、なかなか寝てくれないんです。乳をほしがって離れないんですよ。まだあの人帰ってこないんですか。おかしいわね。どこかで油でも売ってるんじゃないかしら。あ、お茶を淹れます」

女房は待たせた言いわけをしてから茶の支度にかかった。そのとき、戸口にふらりと職人があらわれ、千草に気づいて奇異な顔をした。

「あ、あんたお客さんよ。ずいぶん待たせたんだよ」

女房が竈《かまど》に火を入れながら言った。

どうやら目の前に立つのは、藤助本人のようだ。

「そりゃあすまねえことを……で、ものは何でしょう？」

藤助は捻《ねじ》り鉢巻きをほどいて、媚びるような物言いをした。

「いえ、注文ではなく、松坂屋宇兵衛さんのことを教えていただきたいんです」

「宇兵衛の……何をです」

「松坂屋さんが火事で、本湊町からいなくなったのはご存じでしょう」

「へえ」

「どこへ越されたか知りませんか？」

「どこへって、挨拶も何もねえまま消えちまったんで、わからねえんです。仲間とどこに行きやがったんだと話はしてんですけどね」

藤助は汚れた腹掛けに手をこすりつけて、仕事場になっている板間に上がり込んだ。

「耳にしたんですけど、宇兵衛さんには借金があったと……」

煙草盆を引き寄せていた藤助の顔がさっと向けられた。

「誰がそんなことを？」

「誰って、噂になっているみたいです」

「だから言ったんだ、人の口に戸は立てられねえって」

ちっ、しょうがねえなと、藤助は苦い顔になってつぶやき足した。

「どういうことでしょうか？」

「で、あんたはどうしてそんなことを？」

もっともな疑問であろう。千草はどう答えようかと短く思案した。

「話せば長いんですけど、宇兵衛さんのおかみさんはお才さんとおっしゃいますね」

藤助はどんぐり眼を開けたままうなずく。

「お才さんには、お友さんとおっしゃる姉さんがいて、松坂屋さんでお世話になっていたはずなんです」

「そんな女が来たってェのは聞いてますよ」

やはり友は江戸に来ているのだ。

「そのお友さんの旦那さんが、捜しに見えているんです。だけど、行き先がわからずに困っていらっしゃいまして、わたし、あ、わたしは高橋のそばで桜川という小料理屋をはじめた千草と申します」

「おお、あの店はあんたが。へえ、そうだったのかい。それで……」

藤助は煙管をつかみ、器用に刻みを詰めて火をつけた。

「お友さんは身重なんです。それで旦那さんが心配になって連れに見えているんですけれど、居所がわからなくて、誰かご存じの方がいらっしゃらないかと、そう思って訪ねてきたんですけれど……」

「へえ。だったら、そのお友さんはさっさと帰りゃいいのに、帰ってねえのか」

「まあ……そうなんです。なにか心あたりはありませんか？」

千草は煙管を吸いつける藤助を眺める。そこへ、女房が茶を運んできた。

「まあ友達のよしみで宇兵衛の悪口は言いたかねえが、やつァ身代《しんだい》を潰しちまってんだ。おれにも他のやつにも金を貸してくれとせっついてきたが、誰も貸しゃしねえ。貸したって戻ってくるあてがないんだからしゃあるめえ。てめえじゃ必ず店を立て直すと言ったが、もともと派手に遊ぶ男だ。まあ、おれもいい思いをさせてもらった手前、あんまりひでェことは言えねえが、どうにもしようのねえ野郎さ」

「それじゃ借金取りに追われているんですか？」

「そうに決まってるさ」

藤助は煙管を灰吹きに打ちつけて、灰を落とした。

「でも、松坂屋さんは立派な瀬戸物屋さんだったんでしょ。番頭さんがいらっしゃったならそんなことにはならなかったのでは……」

「番頭は切っちまったんだ。うるさくやいのやいの言いやがるから、暇を出したと、去年の暮れに言っていた。若い小僧が二人いたが、そいつらも今年の正月にいなくなっちまった」

「それじゃ、店は宇兵衛さんひとりで……」

「あいつは商売人の倅《せがれ》らしく、人当たりはいいが、口先だけの男なんだ。てめえじゃ何もできねえくせして、人に頼みに思わせるようなこと言いやがるが、何もできねえんだ。そのうち、仲間外れだ。口は達者だが、ありゃあ商売に向くやつじゃねえ」

いつの間にか宇兵衛の悪口になっている。藤助はよほど不快な思いをさせられたのだろう。

「それで、引っ越し先に心あたりはありませんか」

「ねえな」

藤助はあっさりと、がっかりしたことを言う。

「それじゃ、店にいらした番頭さんとか小僧さんの居所はわかりませんか？」

手掛かりはそこにあると、千草は考えた。

「わからねえな」

「誰に聞けばいいでしょう？」

「瀬戸物を卸《おろ》していた問屋か仲買がいると思うんだが、おれにはわからねえ」

千草は藤助に期待をしていたが、結果的には何もわからずじまいである。長居したことを詫びて出るしかなかった。

七

「旦那、できました」

粂吉が摺りあがった人相書を持ってきたのは、八つ（午後二時）前だった。

伝次郎は一枚をもらって、ためつすがめつ眺めた。横からいっしょに待っていた与茂七がのぞき込む。

そこは通塩町《とおりしおちょう》、緑《みどり》橋そばの茶屋だった。

人相書には佐谷家の女四人を殺したこと、そして人相風体の特徴と年齢が書かれていた。似面絵付きである。

与右衛門は五尺三寸（約一六一センチ）で中肉と並みの体つきだが、面相に特徴がある。まず金壺眼ということだ。鼻梁《びりょう》は高く彫りが深かった。黒子《ほくろ》や痣《あざ》などの類《たぐ》いはないが、一見して凶相《きょうそう》である。

「よし、粂吉、与茂七。これを持って昨日からまわった刀剣屋を片端からあたってくれ」

「またまわるんですか……」

与茂七が驚き顔をする。

「不平を言うな。人相書があるのとないのとでは、大きな違いだ。とりあえず夕刻まで聞き込みをし、暮れ六つ(午後六時)に浅草《あさくさ》御門に最も近い茶屋で落ち合おう」

「旦那はどこをまわられるんで？」

条吉が顔を向けてくる。

「おれは神田《かんだ》界隈をまわってみる。あのあたりには知っている刀剣屋が何軒かある」

「承知しました」

「では、かかるぞ」

伝次郎は七枚の人相書を懐に入れて立ちあがった。

「旦那、ではのちほど」

与茂七が生真面目な顔で言って浜町堀沿いの道を辿っていった。条吉はその堀川の対岸の町屋へ向かう。

伝次郎はそのまま神田川を目指した。神田川の北側に広がる町屋に行くのだが、その手前にも町人地がある。素通りするのは間が抜けているので、目についた刀剣屋を訪ねる。

看板に長州《ちょうしゅう》屋とある店があった。

「南町の沢村と申す」

暖簾をくぐって店に入るなり、帳場に座っている男に声をかけると、にわかに顔をこわばらせた。伝次郎が町方だと知ったからで、初めて声をかけられる者は大方同じ反応を示す。

「何でございましょう」

長州屋は畏《かしこ》まって座り直す。

「じつはこの男を捜しているのだが、この店に来たことはないか?」

伝次郎は与右衛門の人相書を見せた。

主はその人相書を食い入るように眺めた。

「そやつ、千子村正を持っている。もしや、その刀が持ち込まれたようなことはないだろうか?」

「村正でございますか……」

主は人相書から顔をあげて伝次郎を見た。先の緊張は少し解けていた。

「さようだ。偽物でも数物でもない、正真正銘の業物だ」

「村正を持って見えた方がいらっしゃれば忘れはしませんが、うちにはそんな方は来ていません。ですが、この侍、四人も……」

主は恐ろしいものを見るような目で、また人相書を眺めた。

「来てはおらぬか。もし、来たならば、近くの番屋に知らせてくれ。それから南御番所の沢村伝次郎に伝えるよう手配りを頼む」

「へえ、承知いたしました。それにしても、女四人を……」

主は目をまるくしながら首を振った。

伝次郎は長州屋を出ると、神田堀に架かる九道《くどう》橋をわたり大和町《やまとちょう》代地にある刀剣屋・夕倫《ゆうりん》堂を訪ねた。

長州屋と同じように人相書を見せて、与右衛門の来店がなかったかを訊ねる。主は村正だったら喉から手が出るほどほしいが、持ち込まれたことはないと言い、また、与右衛門に似た男も来ていないと言った。

聞き込みの成果がすぐ出ることは滅多にない。何の手掛かりも得られず探索が進むのはよくあることなので、伝次郎はつぎの店に向かう。

考えるのは与右衛門の足取りである。佐谷家の屋敷は村松町の南にある武家地の一画だ。

女四人を殺してどこへ行ったかだが、闇雲《やみくも》に逃げるとは思えない。罪を犯した者の多くは、その土地にあかるいところへ逃げていくのが常道だ。与右衛門は幼い頃からあの屋敷にいたのだから、神田・日本橋界隈の土地を熟知しているはずだ。

しかし、屋敷の近くで刀を売り払うというのは考えにくい。おそらく生家から離れたところ、それも与右衛門を知らない店に入るはずだ。

だからといって近場の店を軽視することはできない。夕倫堂を出たあとで、神田松枝町《まつがえちょう》と九軒町《くけんちょう》代地にある刀剣屋を訪ねたが、結果は同じだった。

伝次郎は店を出るたびに、訪ねた刀剣屋の名と場所を書き付けてつぎに向かう。神田川を越え、神田佐久間町《さくまちょう》、麹町平河町《こうじまちひらかわちょう》一丁目代地、神田相生町《あいおいちょう》、金沢町《かなざわちょう》一丁目にある刀剣屋を訪ねたが、いっこうに引っかかる話は聞けないし、与右衛門が立ち寄った形跡もなかった。

そんなこんなであっという間に日が暮れかかり、気づいたときには西の空が茜色に染まっていた。

神田明神下にある刀剣屋から出ると、待ち合わせの茶屋に向かった。何もわからなかったが、粂吉と与茂七の聞き込みにわずかな期待を寄せる。

浅草御門に近い茶屋は、馬喰町《ばくろちょう》四丁目の外れにあった。立てかけられた葦簀《よしず》が雲間から抜け出てきた西日を受けていた。

すでに条吉と与茂七は来ており、結果を聞くまでもない顔をしていた。

「立ち寄ってはいなかったか……」

「残念ながら」

答えた条吉はため息をついた。

「昨日の今日だ。焦ることはない」

伝次郎は床几には座らず、二人をうながして柳橋へ向かった。

与右衛門が婿入りをしていた榊原五左衛門の話から察すれば、与右衛門はケチな店には通っていなかったはずだ。とすれば、柳橋でも高級な料理屋だろうと推量した。

浅草下平右衛門町《しもへいえもんちょう》に入ると、通りを眺めた。両側に大小の料理屋や居酒屋が並んでいる。萌黄《もえぎ》や紫、あるいは紺といった暖簾が、夕風を受けてそよいでいる。店の入り口に盛塩をしてあったり、早くも掛行灯に火を入れている店もあった。

仄《ほの》かな夕暮れ時で、人影はさほど多くはない。伝次郎はその通りで一番目立つ花《か》月楼《げつろう》に目をつけた。江戸で五本の指に入る料理茶屋である。

花月楼と染め抜かれた丁子《ちょうじ》染めの暖簾をかき分けて入ると、すぐに店の者が

「いらっしゃいませ」と、声をかけてきた。

伝次郎は名乗ってから、与右衛門が人殺しだというのを伏せ、最前と同じようなことを訊ねた。

「榊原与右衛門様でしたら、よく存じあげております」

と、応対の番頭がにこやかな顔で答えた。

瞬間、伝次郎は獲物を見つけた獣のように目を光らせた。

第四章　妖刀村正

一

「まさか、今日は来ておらぬだろうな」

伝次郎は一歩足を進めて、応対にあたる番頭をまっすぐ見た。その迫力に気圧《けお》されたように番頭は下がった。

「いえ、ここしばらくお見えになっていませんが、何か榊原様が……」

伝次郎はすべてを打ち明けるべきかどうかを少し迷った。だが、隠しても得はないと考えた。

「与右衛門は人殺しだ」

「えッ」

番頭は目をみはり、口を片手で塞《ふさ》いだ。

「他言無用に願いたいが、さようなことで与右衛門を捜しているのだ。この店にはよく来ていたようだが、いつもひとりであっただろうか、それとも連れがいたのだろうか？」

「いつもおひとりでお見えになっていました」

「ひとりか……。誰も連れてきたことはなかったのか？」

「ええ、おひとりでしたが、隣の客間の方とごいっしょになって、楽しく過ごされたことも何度かございました」

おそらく酔いにまかせて和気藹々《わきあいあい》と飲み食いをしたのだろう。しかし、気にはなる。

「そのいっしょになった客と、また顔を合わせたようなことはなかったか？」

番頭はかたい表情のまま少し考えて、

「さようなことはなかったと思いますが……」

と、首をひねる。

「女中はどうだろう？　与右衛門から何か話を聞いている者はいないか？」

「それでしたら……」

と、番頭は背後の廊下を行き交っている女中を眺めてから、顔を戻して答えた。

「あのお方はいつも、おそねをお名指しされていました」

「いるか？」

番頭は呼んでくると言ったが、急に考え直したらしく、伝次郎とその背後にいる与茂七と条吉を見て、

「小座敷をあけますので、そちらでお話しになったらいかがでしょう。すぐにおそねを呼んでまいりますので……」

と、言った。

「手短に聞くだけだ。手間は取らせぬ」

番頭がこちらへと言うので、伝次郎は条吉と与茂七を表に待たせて、小座敷に入った。小体《こてい》な造りで、床の間があり、障子を開けると、手入れの行き届いた小庭があった。日没間近だが、あわい日の名残《なごり》があり、赤い花をつけた夾竹桃《きょうちくとう》が薄闇に浮かんでいる。

「失礼いたします」

艶のある声がして、おそねという女中が入ってきた。目鼻立ちのはっきりした小柄な女だった。二十歳前後だろうか、肌に艶があり、目に色気を漂わせている。だが、伝次郎が町方だと知っているらしく、表情はかたかった。

「榊原与右衛門のことだが、いつもひとりで飲みに来ていたそうだな」

「へえ、いつもおひとりでした」

「連れはなかったのだな」

「一度もありませんでした。でも、あのお方が……」

どうやら番頭からあらましを聞いているようだ。

「名指しを受け、贔屓にしてもらっていたようだが、いろんな話をしたであろう」

「ええ、それは……」

「どんな話をした？　あやつは罪人だ。遠慮することはない。忌憚《きたん》なく話してくれぬか」

おそねはぱっちりした目を、短く泳がせてから口を開いた。

「他愛のないお話が多ございましたが、酔いがまわると、奥様のことをひどく貶《けな》されました。あまり聞きたくない話でしたけど、よほど気に入ってらっしゃらないご様子で……」

「友達のことなどは聞いておらぬか？」

「そんな話はさっぱりありませんでした」

おそねは首を振って答えた。それからいくつかの問いを重ねたが、与右衛門を捜す手掛かりになる話は聞けなかった。

花月楼を出ると、

「粂吉、与茂七、おまえたちは引きつづき、この界隈の店に聞き込みをかけてくれ」

と、命じた。

「旦那は？」

「佐谷家に行ってくる。ご隠居の三郎右衛門様は、与右衛門の兄だ。まだ話を聞いておらぬ。仲が悪くても兄弟なら、与右衛門の友達のひとりや二人は知っているはずだ」

「何かわかったらどうしましょう？」

粂吉が顔を向けてくる。伝次郎は時刻を考えて、

「聞き込みをするとしても、さほど手間取ることはなかろう。わかったことがあったら、おれの家に来てくれ」

と答え、そのまま粂吉、与茂七と別れた。

伝次郎が佐谷家を訪ねたのは、それから小半刻とたっていなかった。女四人を失った屋敷はひっそりとしており、当主の紹之助と隠居の三郎右衛門の他には、飯炊きと通いの中間《ちゅうげん》がいるぐらいだった。

「まだ見つかりませぬか？」

伝次郎があらましを話すと、三郎右衛門は憮然《ぶぜん》とした顔のまま訊ねた。その隣には紹之助も座っていた。

「お訊ねしたいのは与右衛門殿の居所です。心あたりはございませんか？」

伝次郎はまっすぐ三郎右衛門を見る。与右衛門は四十二歳というが、兄の三郎右衛門ははるかに年上のようだ。おそらく六十に近いのではないだろうか。薄くなった髷に霜を散らし、眉毛は白く顔のしわも深い。

「それはない。なにせ、あの者とは滅多に口を利くことがなかったからな。いつからそうなったかわからぬが、拗《す》ね者《もの》になった弟はずっとわしを敬遠しておった。年が離れているからそうだったのかもしれぬが、やはり部屋住みという窮屈さがあったのだろうと思う」

「友達を連れてきたようなことは？」

「一切なかった。わしには二人の弟があった。与右衛門は一番下で、わしとは十八離れておる。その上の弟は、十になるかならぬかで身罷《みまか》ってしまい、兄弟は二人になったのだが、どうにも困った弟で……」

「与右衛門殿と親しい人が、ひとりや二人はいても不思議ではないはずですが……」

「あれは人付き合いが下手なのか、わしは悉皆《しっかい》知らぬのだ」

これでは来た意味がない。伝次郎は当主の紹之助に顔を向けた。

「ご当主は与右衛門殿と付き合いのあった方をご存じありませんか？」

「わたしもさような方にお目にかかったこともなければ、まして話に出たこともないのです」

伝次郎は内心でため息をついた。

「持ち去られた刀は村正だと伺っていますが、与右衛門殿の腰にある刀は数物のようですが、それはいかがでしょうか」

今度は三郎右衛門に聞いた。

「無銘の刀だ。あれは腰のものには頓着《とんちゃく》していなかった」

「わかりました。では、またお話を伺いにまいるかもしれませぬが、その折にはひとつよしなにお願いいたします」

伝次郎はそのまま佐谷家をあとにした。

すでに星たちがきらめき、月が浮かんでいた。伝次郎はいかにして与右衛門を捜す手掛かりをつかめばよいかと考えながら家路を辿《たど》った。

二

その日は客の入りが悪かった。

暮れ六つ過ぎに三人の客が来て、さっき帰ったばかりだった。最近贔屓にしてくれるようになった、近所の大工だ。

みんな勝手なことをしゃべって酒を飲み、適当に千草をからかい、楽しそうに一時を過ごすのはいいが、下世話な話が多くて、千草は相手をするのに少し疲れた。

手持ち無沙汰にがらんとした店の床几に腰を下ろし、須永宗一郎のことをぼんやり考えた。もう捜しあてているかもしれない。

そうであればよいがと思うが、もし見つかっていなかったなら、どこで何をしているのだろうかと、須永の整った暗い顔が脳裏に浮かぶ。

やはり相談してみようかしらと、今度は伝次郎の顔を脳裏に浮かべる。もう帰っているかもしれない。どうせ、店はあと半刻ほどで閉めるのだから、このまま暖簾をしまおうかと、戸口を見た。

それに合わせたように人影が近づいてきて、暖簾がめくられた。千草ははっと目を見開いた。

「少しよいかな」

来たのは須永宗一郎だった。

「ええ、どうぞ。それで、ご新造様は見つかりましたか？」

千草は須永が徒《かち》という下士身分だったことを知り、妻友のことを「ご新造様」と呼んだ。

「いや、まだだ。冷やでよいからくれぬか」

千草は板場に入って酒の支度をすると、運んでいった。

今夜も須永は疲れた顔をしていた。うまそうにぐい呑みの酒を飲んでから、

「拙者の宿に見えたそうだな」

と、顔を向けてきた。

「はい。いっしょにご新造様捜しを手伝おうと思ったのです」

「それはすまなんだ」

「いえ、でも何か捜す手立てはないのでしょうか……」

千草に聞かれた須永は、ふうとため息をつく。

「どうしたらよいか、もうわからなくなった」

「あの、わたし、今日聞いてまわってわかったことがあるのです」

須永はカッと目をみはって千草を見た。

「話しにくいことなのですけれど、松坂屋さんはあまり評判がよくないようです。いえ、ほんとうは違うのかもしれませんが、そんな話を聞いてしまいまして……」

千草が話しづらそうにうつむくと、

「かまわぬ。話してくれ」

と、須永が催促した。

千草はその日、自分が聞いたことを順繰りに話していった。

「そうか、そうであったか。これはわたしとしたことが……」

話を聞き終えた須永は、拳で自分の膝をぽんとたたいた。

「それで、松坂屋の番頭や小僧を、どうしたら見つけられるであろうか？」

「松坂屋さんと取引をしていた瀬戸物の仲買や卸問屋があるはずですから、そちらを調べてみたら何かわかるかもしれないと、わたしなりに考えていたのですけれど……」

「仲買と卸問屋だな。知らぬ間にそんなことを調べてくれていたとは、ありがたいことだ。礼を申す。わたしは何の考えもなく、闇雲に聞きまわり、そして江戸の町を歩きつづけただけだ。そなたのような聞き調べをすればよかったのだ」

「わたし、明日もお手伝いいたしますわ」

「ご亭主のある身ではないか。それに……」

「いいえ、気になさらなくて大丈夫です。こんな店をやっているくらいですから、大目に見てもらっているんです。旦那を送り出せば、店を開けるまで暇があります。必死になってご新造様をお捜しになっている須永様を見ていると、ジッとしていられないのです」

「手伝ってくれるのは嬉しいが、やはり申しわけない」

そう言われると、ますます手伝いたくなる千草である。

「遠慮など無用ですわ。わたしは一所懸命お手伝いしますから」

千草は最後は少し強く言った。

「心強いことを……。さようか、ではお言葉に甘えて力を貸してもらおう」

「そうです。そうこなくっちゃ」

つい舌を出した千草は、言葉をついだ。

「では、明日の朝、さっそく松坂屋さんと取引をしていた卸問屋を調べて、番頭さんと小僧捜しをしましょう。番頭さんでも見つけられれば、きっと何かわかるはずです」

「あまり期すると、あとでがっかりするが、やってみるしかないだろうな」

「弱気ではいけません。須永様は必死の思いでご新造様を捜していらっしゃるのですよ。それにご新造様は身籠もっていらっしゃるんでしょう。気持ちを強く持って、使える手立てがあれば、なんでも頼りにすべきです」

「いや、これはまいった。たしかにそなたの言うとおりだ。すまぬ、もう一杯だけいただけるか。それを飲んだら明日のために宿に帰ろう」

須永は空になったぐい呑みを差し出した。

三

「その須永殿はどこへ泊まっているのだ」

翌朝、千草から須永宗一郎の話を聞いたあとで伝次郎は問うた。

「霊岸島銀町にある小さな旅籠です。船乗りたちが使う安い宿なので、助かっているとおっしゃっています」

「しかし、松坂屋がどこへ行ったのかわからぬというのは、ちょっとおかしいな」

「どうすればいいでしょう」

千草は茶を淹れていた手を止めて伝次郎を見る。朝餉の席で、隣では与茂七が飯を頬張りながら耳を傾けている。

「大家とか名主とかならばわかるのではないか？」

「それが大家さんもいなくなっているし、火事があったときに前の名主さんが人別《にんべつ》帳《ちょう》をなくしているのです」

「それはまた間の悪いことに……」

伝次郎は茶を受け取って口をつけた。

「誰か知っている客がいてもおかしくないでしょうに」

与茂七である。

「あたってはいるのよ。でも、知っている人がいないの。松坂屋さんと仲のよかった人にも聞いたけど、わからないとおっしゃるし……」

「借金があると言ったな」

伝次郎の言葉に、千草は真顔でうなずいた。

「火事をいいことに逃げたと考えるのが常道だろうが、松坂屋には家族もあるはずだ」

「身内を捜すということですか？」

千草は何かに気づいたように目をみはった。

「身内のことはわかっているのか？」

「いえ、よくは……。でも、今日調べてみます」

「奥方が身籠もっているなら、須永殿は心配であろう。しかし、思い違いをされるような噂を立てられたせいで……」

伝次郎は話を聞いただけだが、不運な須永に同情した。

「何かよい知恵はありませんかね」

千草がすがるような目を向けてくる。

「松坂屋と取引をしていた卸問屋や仲買をあたるのもひとつの手であろうが、松坂屋には親戚もあるはずだ。家をなくしたとなれば、見ず知らずの赤の他人を頼るよりは血縁を頼るのが人ではないか。物わかりのよい親戚があれば、いっときの間ぐらい世話になっていてもおかしくはない」

「たしかに……それも調べます」

千草は感心顔でうなずく。

「おれも暇だったら手伝ってもいいんですが、旦那の助がありますから……」

与茂七が申しわけなさそうな顔を千草に向けた。

「いいのよ。何とかなると思うから」

「それにしても、おかみさんも人がいいですね」

与茂七は箸を置いて手を合わせる。

「だって、事情を知った手前放っておけないじゃない」

「そこがおかみさんのいいところなんですよ」

言われた千草はひょいと首をすくめ、

「今日はずいぶんゆっくりですね。まだ出かけなくてよいのですか?」

と、伝次郎を見た。

「聞き調べがあるが、先方はまだ店を開けていないだろう」

「それじゃ商家への聞き込みがあるんですね」

伝次郎はうなずいて茶に口をつけた。

それから少し暇を潰し、家を出たのは五つ（午前八時）前だった。この時季は日の出が早く、日の入りが遅い。商家はそれに合わせて店を開け閉めする。聞き込みをする刀剣屋も質屋も道具屋も、すでに店を開けているはずだ。

現に通りにある商家のほとんどが大戸を開け、暖簾を出していた。

「おかみさんも忙しいのに、人助けをするなんて……」

与茂七が歩きながらつぶやく。

伝次郎は何も答えないが、千草の世話好きもほどほどにしてもらいたいと思う。だが、そのことを言葉に出して言っても聞かないのはわかっている。千草の性分《しょうぶん》なのだ。須永宗一郎という侍の妻が見つかるのを祈るしかない。

「今日こそは、何か手掛かりをつかみたいもんですね」

与茂七がまた口を開いた。

「うむ」

短く応じる伝次郎は足を速める。

昨日の聞き込みでは何も得るものがなかった。与茂七が言うように、今日こそはなのだが、思い通りにいかないのが探索である。

待ち合わせの浅草橋北詰へ行くと、すでに粂吉の姿があった。

「今日は浅草と上野《うえの》を主にあたっていこう。粂吉、与茂七を連れて浅草界隈の店に聞き込みをかけてくれ。おれは上野に行ってみる」

「連絡場はどうしましょう？」

「深川や本所にわたる必要もあるだろうから、昼前にまたここで落ち合おう」

「へえ、承知しやした」

そのまま二手に分かれた。伝次郎は上野方面へ、粂吉と与茂七はそのまま日光道《にっこう》中を御蔵前《おくらまえ》のほうへ歩いていった。

伝次郎はこれまで聞いた話から、与右衛門の性格を考えた。おそらく依怙地《いこじ》なひねくれ者だろうが、百数十両の金を持っている。一流の料理屋で遊んでいただけに、吝嗇《けち》なことはしないだろう。

すると、いまも花街《はなまち》で遊んでいると考えていいかもしれない。刀から手掛かりをつかめないなら、夜の盛り場での聞き調べをするしかない。

それにしても、友達がいないというのも考えものだ。孤独に慣れているのかもしれないが、素直な心根を持っていないのだろう。そういう者に友達はできにくい。ましてや親友と呼べる者はいないはずだ。だからといって人嫌いと決めつけることはできない。

よほど偏屈でないかぎり、人間には人と交わりたいという願望がある。自分のことを理解してくれる相手を欲する。

与右衛門はどんな理解者を求めるだろうか。伝次郎はこれまで与右衛門に似た性格の犯罪者を見てきている。その経験から察すると、女だ。

女は御《ぎょ》しやすい。それに金があれば、それだけでついてくる尻軽な女は腐るほどいる。

（女か……）

心中でつぶやく伝次郎は、夜の盛り場での聞き込みをしなければならないと考えた。

四

その頃、千草は須永宗一郎と落ち合って鉄砲洲本湊町に足を運んでいた。ちょうど八丁堀に架かる稲荷橋をわたったところだった。

「たしかにそなたのご亭主がおっしゃるように、親戚を頼るというのは大いに考えられることだ」

「ご新造からそのことは聞いていらっしゃいませんか？」

千草は須永を見て訊ねる。須永の妻に対して「様」を外したが、須永は気にしている顔ではなかった。

「妻の妹の亭主のことだ。そこまでは聞いておらなんだ。こういうことになるのだったら、お才ともっと話をしておくべきだった。そうは言っても、話をする機宜《きぎ》もなかったからな」

須永は小さく嘆息《たんそく》した。

そのとき、そばの湊稲荷の境内から鶯の声が聞こえてきた。

「きれいな声だ……」

須永が境内のほうに顔を向けてつぶやく。

千草もつられて境内のほうを見ていたが、顔を戻したとたん、目を見開いた。煙草屋の前の縁台に町の岡っ引きが座っていたからだ。のんきな顔で煙草を喫《の》んでいた。岡っ引きは町内のことに詳しいし、ときに町方の手先も務める。

「須永様、ちょっといい人を見つけました」

「誰です」

「町の親分です」

千草はそう言ってすたすたと足を進めて「親分」と、声をかけた。岡っ引きは煙草の灰を掌で転がしていたが、それをふっと吹き飛ばしてから、

「何か用かい？」

と、千草に顔を向けた。四十前後の鼬《いたち》顔で、目つきが悪い。

「あんた、一昨日《おととい》話したのは、その人だよ」

店のなかから女房が声をかけてくる。

「ああ、松坂屋を捜しているってェのはあんただったかい」

「そうです。でも、ほんとうに捜しているのはこちらの方なんです」

千草は須永を紹介したあとで、

「それで、親分は松坂屋さんの行き先をご存じないでしょうか？」

と、聞いた。

「行き先はわからねえな。借金取りに相談を受けたが、どこへ行ったか見当もつかねえ」

「借金取りというのは、松坂屋に金を貸していた者だな」

須永が近づいて聞いた。

「さいで。雇われもんでしたが、松坂屋があっしらの知らねえところで借金をこさえていたと知り、あきれちまいましたよ。それで、お侍のおかみさんはまだ見つからないんで……」

「捜している最中だ。そなたは、拙者の妻を見たことはないかね」

「多分、見てますよ。松坂屋が燃える前に、店を手伝っている女がいたんで、新しい奉公人を雇ったんだと思っていたんですがね、あの人がお才さんの姉さんだったというのは知りませんでしたよ」

「元気そうにしていたかね」

そう聞くのは、よほど妻のことを心配しているからだろう。

「話はしませんでしたが、元気そうでしたよ」

「それで親分、松坂屋さんの親戚を知りませんか？　大家さんはいなくなったし、前の名主さんは亡くなったらしいのでわからないのです」

千草の問いかけに親分はあっさり答えた。

「ひとりだけだが、知ってるよ」

千草は目を輝かした。

「その人はどこにいます？　住まいはわかりますか？」

「深川だよ。住んでる家は知らねえが、深川の何とかってところで菓子屋をやっているって聞いたことがある」

「深川のどこだかわかりませんか」

「立ち話をしたぐらいだから、そこまでは聞いちゃいねえな。だけど、煎餅《せんべい》屋や饅《まん》頭《じゅう》屋ではないだろう。身なりがよかったから、もっと上等の菓子を売っててんじゃねえかなと思ったんだが、よくはわからねえ」

「何という店かわかりますか？」

「聞いたかもしれねえが、忘れちまったよ」

それでも千草は捜す手掛かりを見つけたと思った。きらきらと目を輝かせて須永を振り返った。

「菓子屋はそう多くありません。深川だったら、わたし、昔住んでいましたのできっとわかります」

「それは心強い。親分、そなたの名は？」

須永が訊ねると、

「秋造《あきぞう》です。困ったことがあったら、力になりますぜ」

と、岡っ引きの秋造は気安く応じる。

「うむ、そのときは頼む。邪魔をしたな、礼を申す」

須永が畏《かしこ》まると、秋造はいやいやと片手を振って、

「そんなこと言われると、恐縮するじゃねえですか」

と、照れ笑いをした。

「それじゃ須永様、早速深川へ行ってみましょう」

千草は須永をうながして先に歩き出した。

「なんだか見つけられるような気がしてきた。千草殿、礼を申す」

「まだ、見つかっていないのですから、気は抜けませんよ」

「ま、さようだが……」

千草はしばらく歩いてから、気になっていることを聞いた。

「須永様はご新造を見つけたら、国に帰って百姓をするとおっしゃいましたね」

「そのつもりだ。それにもう仕官もできぬ。肚はくくっておるし、再び召し抱える

という話があっても断るだろう。もっとも、さようなことはないだろうが……」

「なぜ断るのです？」

「仕えても、所詮は下士である。出世は望めぬし、おまけに半知《はんち》をされていたのだ。飢饉《ききん》のあとで御家が苦しいというのはよくよく承知していたが、まさか拙者のような下士から半知だ。そんな御家に先行きはないであろう」

半知というのは、知行や俸禄を半分借りあげることを言う。

「国の恥をさらすようなことは言いたくなかったが、世話になっている千草殿には隠し事はできぬ」

この人は胸襟《きょうきん》を開いたと、千草は思った。それだけ信頼されたのだと思えば嬉しいが、とにかく須永の妻捜しである。

「ご新造は納得してくださるでしょうか？」

「説得する。それに妻は百姓の出である。文句は言わぬだろう」

須永は苦笑を浮かべた。

五

千子村正――。

その刃文《はもん》の流麗さ、しかも表も裏も同じように波打っている。反《そ》りは浅く、鎬《しのぎ》が高い、棟《むね》のほうはやや低くなっている。

（これがな……）

与右衛門はさっきから飽きずに刀を鑑賞している。刃が日の光をキラッキラッと弾くたびに、与右衛門の金壺眼が輝く。

「ふふ、ふふふっ……」

思わず笑いがこぼれる。

父祖伝来の刀が、それほど価値あるものだとは思いもしなかった。刀など斬れればいいと考えていたし、斬る機会などそうそうあるものでもない。だから腰の飾りぐらいにしか考えておらず、業物をほしがったりもしなかった。

父も兄もこの刀については何も言わなかった。言うとすれば、

「これは父祖伝来の大事な刀だ。粗末に扱ってはならぬ」

という程度であった。

そんなとき、与右衛門は鼻で笑っていた。どうせ安物に違いない。祖父の祖父、そのまた祖父あたりが使っていたから家宝としているだけだろう。そんなものどうでもいい。

与右衛門は興味がなかった。しかし、今日この刀を持ち込んだ刀剣屋の主は、目を大きくみはり、うなり声を漏らし、ため息をついた。

「これは見事な……」

一言つぶやいて、また黙り込んで鑑賞した。

「早く値をつけろ」

与右衛門はせっついた。

「いや、これは容易《たやす》く値をつけられません。この刀は妖刀です」

「妖刀……」

与右衛門は眉宇をひそめた。

「さようです。宿業《しゅくごう》や因縁といった呪縛《じゅばく》から、すべてを解き放つ無念無想の刀です」

与右衛門は刀剣屋の言葉に片眉を動かした。

「お侍様、この刀で何かお斬りになったことはありますか？」

刀剣屋は真顔を向けてきた。

「斬ったことはない。それより、早う値をつけぬか」

そうは言ったが、主のいましがたの言葉を聞いて売るのが惜しくなった。

「いえいえ、これはなかなかの業物。ご存じでしょうが、反りが浅く、平肉《ひらにく》が薄くなっていますでしょう。この刃の斬れ味は凄絶無比《せいぜつむひ》でございますよ。そういう刀なのです」

「講釈などいらぬ」

与右衛門がせっつくと、刀剣屋は目を大きく見開いたまま、五本の指を立てた。

「なに、妖刀だとか無念無想だとか言いおって、たったの五両だと、人を馬鹿にするな」

与右衛門は目をぎらつかせて、刀剣屋の主をにらんだ。

「いえ、五十両でいかがでございましょう」

与右衛門は驚いた。そんな値がつくとは予期もしていなかったからだ。だが、与右衛門はすぐに考えた。この主は五十両で買い取ったら、いくらで売るだろうかと。おそらく八十、いや倍の百両で売り飛ばして儲けるだろう。それは許せぬ。

「だめだ」

与右衛門は首を横に振った。

案の定、刀剣屋はすぐに十両足した。与右衛門は首を振る。

「では、七十でいかがでしょうか。もうそれ以上は出せません」

「気に入らぬ」

「……では、思い切って八十で手を打ってくださいませんか。それがぎりぎりです。どうかお願いいたします」

主は深々と頭を下げた。

与右衛門はすっかり売る気をなくした。よし、この刀はおれが使うことにしようと決めたのだ。

「やめた。返せ」

与右衛門は刀を奪い取ると、今度は腰に差している大刀を差し出した。

「これを売ってやる。値をつけろ」

主はしおたれた顔になり、差し出された刀を手にして、鞘《さや》から抜き払った。鍔元《つばもと》を見て、柄《つか》を見、目釘《めくぎ》のあたりを注意深く見た。それから刃文を眺めてから、

「これでしたら五両がせいぜい……」

と、言った。

与右衛門は金壺眼をみはった。たった五両。村正とは大きな違い。もっとも無銘の数物だから高くはないと思っていたが、そんなに安物だったかと気落ちした。

気落ちついでに、

「よし、五両で手を打ってやる」

と、あっさり折れると、主は別段嬉しそうな顔もせずしぶしぶと五両を差し出した。

「ふふっ、ふふっ、ふふ……」

思い出し笑いがまた漏れた。与右衛門はしげしげと村正を眺め、主が口にした言

葉を思い出した。

——宿業や因縁といった呪縛から、すべてを解き放つ無念無想の刀です。

まさに自分のことだと思った。

おのれの背負った宿業と因縁から、この刀がすべてを解き放ってくれる。ならば手放すわけにはいかない。

「父祖伝来の刀が名刀だったとはな。ふふふっ、ふふ……」

またもや笑いが漏れる。早く何かを斬りたいと思った。自分の手で斬れ味をたしかめてみたい。いかほど斬れるのか。

表に目を向けた。試し斬りをしたくなった。目の前に横たわる油堀の向こう岸を歩いている行商人がいる。職人もいる。そして、うらぶれたなりの浪人がひとり。

(あやつを斬ってみようか)

そんな邪《よこしま》な考えが頭に浮かび、目を厳しくした。しかし、その侍は脇の路地に姿を消してしまった。

与右衛門はちっと舌打ちをした。そのとき顔の前を蠅《はえ》が飛びまわった。忌々《いまいま》しい蠅である。手で払うと部屋の奥に逃げていった。

与右衛門はその蠅を目で追い、刀を構えた。斬ってやる。しかし、部屋は狭い。天井も低い。刀を振るにはふさわしい場所ではなかった。

与右衛門はあきらめて刀を鞘に戻した。そのとき階下の戸が開く音がして、

「ただいま。旦那様、帰ってまいりましたよ。それではね」

お琴が声を弾ませながら梯子段を上ってきて顔を出した。

「思いついたんです」

「何をだ？」

「商売ですよ」

お琴は這《は》うようにして与右衛門の前に座った。

「小さな料理屋はどうでしょう。わたし、お酒の肴ぐらいだったら何でもできます。使用人はとりあえず雇わないで、わたしが切り盛りをして、旦那様はのんびりと店の繁盛ぶりを眺めているだけでいいのです。でも、場所が大事でしょうから、そのことを考えなければなりません。どうでしょう？」

お琴はまばたきもせずに見つめてくる。本気で考えているようだ。

「よいかもしれぬ」

「だったら、どこに店を出せばよいか、そのことを考えて調べましょうよ。こういうことは早いほうがよいと思います。早速にも探しに行きませんか」

お琴は詰め寄ってきて、与右衛門の膝をつかんで揺する。

与右衛門はこの女を斬ってみようかと思った。試し斬りにはもってこいの女だ。どうせ人の懐をあてにしている女狐《めぎつね》に過ぎない。

「どうしたのです？　善は急げです。探しに行きましょうよぅ」

甘ったるい声を出すお琴を見て、与右衛門はいいだろうと答え、ゆっくり腰をあげた。

六

千草と須永宗一郎は、深川の目抜き通り沿いの道を歩きながら、菓子屋があると表からのぞき見たり、訪ねたりして松坂屋の親戚ではないかと聞いてまわっていた。

鉄砲洲本湊町の岡っ引き・秋造の言葉を信じれば、深川に松坂屋の親戚がいるはずである。しかし、そんな菓子屋にはなかなか行きあたらない。

「この通りではないかもしれませんね」

富岡八幡宮《とみがおかはちまんぐう》の参道口、二ノ鳥居を過ぎたところで千草は立ち止まった。

「少し休みましょうか」

言葉を足すと、須永はそうしようと言って、近くの茶屋の床几に腰を下ろした。

千草も隣に腰掛ける。

「店の名とか、親戚の名前がわかっていればよいのだろうが……」

店の小女に茶を注文したあとで、須永がため息混じりにつぶやく。

「でも、菓子屋はそんなに多くないはずですから。それにあの親分は、上等のお菓子を作っていそうだと言いました」

「だが、この通りにはなかった」

須永は通りを眺めて茶に口をつける。

「深川はここだけではありません。小名木川《おなぎがわ》のほうまで町屋はつづいています。きっとありますよ」

千草は励ますように言う。

「そなたには勇気づけられる。ありがたいことだ」

「あの、つかぬことをお伺いいたしますけど……」

千草は聞いていいものかどうか、そこまで言って躊躇《ためら》った。

「なんであろうか？」

「その、お金のことです。ご新造捜しが長引けば、それだけ費《つい》えが多くなります。旅籠賃だって嵩《かさ》むはずです。そのことは……」

聞かれた須永はふっと、口の端に笑みを浮かべた。

「懸念《けねん》には及ばぬ。たしかに長引けば困るが、きっと捜してみせる。それに多少の余裕はあるのだ。いざとなれば江戸藩邸にいる友達も助をしてくれよう」

「それならよいのですが、余計なことをお訊ねしました」

千草は小さく頭を下げてから、

「では、まいりましょうか」

と言って、先に腰をあげた。

「店のほうはよいのか？　仕入れとか支度があるのではないか？」

須永は立ちあがってから、千草のことを心配してくれた。

「わたしのことは気になさらないでください」

千草はそう言って小さく微笑む。

「すまぬな」

その後、二人は三十三間堂町《さんじゅうさんげんどうちょう》から北へつづく町屋を歩き、油堀に架かる永居橋《ながい》をわたって、河岸道沿いの町をあたっていった。

しかし、松坂屋の親戚だという店はなかった。同じ菓子屋だから、何か知っているだろうと、しつこく訊ねても首は横に振られるだけだ。

ついに油堀に架かる下之橋《しも》までやってきた。

「千草殿、もうここでよい。いつまでも付き合わせるわけにはいかぬ。深川なら、拙者も知らぬ地ではない。ひとりで捜せる」

「でも……」

「いや、これ以上は申しわけない。そなたにはご亭主もいれば、仕事もあるのだ。ここでよい。これは自分のことだ」

意志の固い目で言われると、千草としても返す言葉がなかった。

「見つけることができたら、必ず挨拶に伺う。さ、もうよいから」

「では、帰りますけれど、困ったことがあったら遠慮なく言ってください。それより早くご新造が見つかることを祈っています」

「うむ、恩に着る」

千草は無理に付き合えば、かえって須永が心苦しく思うだろうと考え、そのまま深川を離れることにした。

しばらく行って振り返ると、もう須永の姿はなかった。


ひとりになった須永は、ふっと小さなため息を漏らした。千草に手伝ってもらうのは嬉しいが、相手には夫があり、店もある。そんな女をいつまでも連れまわすわけにはいかない。気も引けるし、心のどこかで恐縮してしまう。

(それにしても、妻はどこにいるのだ)

須永は仙台堀《せんだいぼり》沿いの河岸道を歩きながら、遠くへ歩き去る女の後ろ姿を凝視した。ときどき、似た背恰好の女を見て目をみはるが、いずれも人違いであった。

そのたびに肩を落とすが、須永には幻のように妻の姿が瞼《まぶた》の裏に浮かぶ。

仙台堀の南の河岸道沿いに菓子屋を探したが、当てはまりそうな店はなかった。

それでも念のためと思い訪ねてみるが、あては外れてばかりだ。

他に捜す手立てはないものかと考えはするが、いい考えは浮かばない。足を棒にして捜すしかないと肚をくくる。

冬木町《ふゆきちょう》から亀久町《かめひさちょう》まで来ると、仙台堀に架かる亀久橋をわたって左へ折れ、再び河岸道につらなる町屋をあたっていった。

それは伊勢崎町《いせざきちょう》の外れに来たときだった。前方からひとりの侍といっしょに歩いてくる女がいた。

（友……）

須永は思わず立ち止まり、胸中でつぶやいた。

女と侍はまっすぐ歩いてくる。顔はまだはっきりしないが、女の背恰好は妻にそっくりである。

須永はドキンと心《しん》の臓《ぞう》を高鳴らせた。もし妻であれば、いっしょにいる侍と不義をはたらいていることになる。そうであれば許せぬ所業《しょぎょう》。妻なら斬り捨てる。

須永は目を皿にして近づいてくる女を凝視した。口を引き結び、刀の柄に手をやったとき、やってくる女の顔がわかった。

（違った）

妻ではなかった。

うなだれて再び歩き出したが、やってきた二人と擦れ違った直後に、

「しばらく」

と、女連れの侍に声をかけられた。

振り返って立ち止まると、侍が一歩踏み出してきた。金壺眼を光らせ、剣呑《けんのん》な空気を身に纏《まと》っていた。

「何用でござろう」

「きさま、何を見ておった」

「いや、何も……」

「とぼけるな。おれの目は節穴ではない。おれとこやつににらみを利かせた。なにか意趣《いしゅ》でもあるのか」

「まさか、さようなことは……」

「刀の柄に手を添えた。おれは見ているのだ」

「思い違いをされるな。拙者は人を捜しているところで、そなたといっしょのこのご婦人がその女に似ていたから、もしやと思っただけだ。気分を害されたのなら、

このとおり謝る」

須永は頭《こうべ》を垂れた。

「ちっ、気に食わぬ野郎だ」

金壺眼は吐き捨てるように言うと、一度にらみを利かせ、女をうながして歩き去った。

須永はため息を漏らして妻を捜すために歩きつづけた。

七

与茂七は一度伝次郎と落ち合い、互いに調べたことを話して、また探索に戻っていた。

いまだ与右衛門が訪ねた刀剣屋や質屋などはなかった。

午前は粂吉といっしょに探索をしていたが、午後からは分かれて探すことにした。

しかし、どこを訪ねても与右衛門が来た形跡はない。堪《こら》え性《しよう》の足りない与茂七は、実りのない探索にだんだん飽きてきた。

こんな地味なことをしなけりゃならないのかと、胸の内で愚痴をこぼす。町方の手先仕事も楽じゃないと思い知り、それなのに粂吉さんはよくやるよと、感心もする。

与茂七は浅草広小路まで来ると、雷門《かみなりもん》を眺め、気晴らしだと自分に言い聞かせ奥山《おくやま》まで足を運んだ。ここは両国広小路と肩を並べるほどの盛り場である。見世物《みせもの》小屋や大道芸人、あるいは講釈師、手妻《てづま》師などが人を集めて芸を披露している。気候がよいから涼しげな浴衣姿の女が目立った。遊び人ふうの男もいれば、勤番侍の姿もある。人はうようよと入り乱れながら歩いている。

ドンドンドンドーン！

太鼓の大きな音がして、カーンと耳をつんざくような柝《き》の音が聞こえた。芝居小屋のなかからだった。

そんな音と人声、呼び込みの声などで奥山は騒然としている。

（いけねえ、いけねえ。こんなとこで油売ってると、旦那に叱られちまう）

与茂七は伝次郎の顔を思い出して、仕事に戻ることにした。

再び浅草広小路に出ると、浅草田原町《たわらまち》へ入った。刀剣屋はさほど多くない。道具屋や質屋も思ったほどの数でもない。それでも三つ合わせると、馬鹿にできない数である。

(やるっきゃねえな)

与茂七は与右衛門の人相書を頼りに、一軒、また一軒と訪ねて行くがまったくあたりがない。ただ足を棒にするだけで、またもや愚痴が出そうになる。

気がつけば日は西に傾きはじめていた。今度の待ち合わせは七つ過ぎに浅草橋北詰だった。それまでにはまだ時間があった。

浅草福川町《ふくかわちよう》に一軒の刀剣屋があった。間口が狭いので見逃しそうになったが、看板に「刀剣　売買　武蔵屋」とくすんだ文字があった。

「ごめんよ」

おどけた調子の声で暖簾をくぐると、髷も結えない禿《は》げた年寄りが座っていた。

間口は狭いが、奥行きのある店だとわかった。

所狭しと刀が置かれていたり、壁に立てかけられている。刀掛けに丁重に置かれているものもあるが、縄でひとくくりにされた刀の束もあった。

「何かご入り用ですか？」

主らしき禿げ親爺は、胡散《うさん》臭そうな目を与茂七に向けてきた。与茂七が無腰だからだろう。

「おれは町方の手先なんだが、こういう男が来なかったかい」

「へえ、町方の旦那のお使いですか」

主は感心したような顔になって、手わたされた人相書に視線を落とした。

「そいつァ、旗本の部屋住みだったんだが、自宅で女四人を殺して……」

与茂七が言葉を切ったのは、人相書を見ている主の表情があきらかに驚きに変わったからだった。

「ひょっとして、その男が来たんじゃねえだろうな」

与茂七が声をかけると、主は口をぽかんと開け、目を見開いて見てきた。

「こ、この人は覚えていますよ」

「ほんとうかい」

与茂七は思わず帳場に詰め寄った。

「それはいつのことだい？」

「三日、いえ四日ほど前でしたか。ふらりとやってきて、持ち込まれた刀を突き出され、いくらで買い取ると聞かれたんです。それで、よくよくその刀を見ましたら、なんと千子村正ではございませんか」

与茂七は目をみはった。与右衛門は家宝の刀を佐谷家から持ち去っている。それは千子村正だ。

「それで買ったのかい？　いや、そんなことはどうでもいい。その男、どこから来てどこへ行ったかわかるか」

「どこから見えたのかはわかりませんが、お住居は村松町《むらまつちよう》の近くだとおっしゃっていました。村正を買い取るならば、詳しい住まいやお名前をお聞きするのですが、やり取りした挙げ句買い取ったのは、あまり値打ちのない数物の刀でした」

「そんなことはどうでもいいんだ。その男がどこへ行ったか、どこに住んでいるか聞いていねえか？」

「さあ、それは聞いていません。ですが、これから深川へ戻るんだが、猪牙を拾いやすいのはどこだと聞かれました。それで、駒形《こまがた》河岸だろうとお教えしたんですが、いや、あの人が人殺しだなんて……」

与茂七はもう主の話は聞いていなかった。

見せた人相書を奪うように返してもらうと、そのまま店を飛び出した。

(旦那と粂さんに知らせなきゃならねえ)

与茂七は胸を騒がせながら走った。

第五章　いろは蔵

一

伝次郎は下谷《したや》広小路から不忍池《しのばずのいけ》を離れて仏店《ほとけだな》に足を運んだところだった。だが、すぐに立ち止まって、

(こっちもあたったな……)

と、胸の裡《うち》でつぶやいて空をあおぎ見た。もう日が傾きはじめている。それでも日没まではまだ間がある。

これまでの聞き込みでわかったことはなかった。粂吉と与茂七の聞き込みに期するしかないが、それもどうかわからない。

少し休もうと思い、きびすを返して広小路のなかほどにある、三橋《みはし》に近い茶屋に立ち寄ってひと息ついた。

気候がよいので目の前を行き交う人の足取りが軽く見える。どこからともなく若葉の香りも運ばれてくる。

与右衛門の行方を考えるが、皆目《かいもく》見当がつかない。夜の盛り場をあたるべきだと頭の隅で考えてはいるが、もっと手掛かりがほしい。しかし、それがない。

探索ははじめたばかりだが、早くも行き詰まりの感がある。もっとも、こんなことはめずらしいことではない。地道に粘っていれば、必ず何かが出てくる。これまでの経験でそれはわかっている。

だからといって必ずそうなるわけでもない。手掛かりはつかめたが、ついに解決に至らないことも何度かあった。

「さて、どうするか……」

茶を飲みながら独りごちる。そのとき、目の前を風のように通り過ぎた女がいた。匂い袋を帯にでも挟んでいるのか、麝香《じやこう》の香りが鼻をくすぐった。透けそうな麻の単衣《ひとえ》を着た女だった。歩くたびに白く細い足首がちらちらとのぞく。

(やはり、女だ)

確信したのは、与右衛門が女といるのではないかという推量である。友達もいない陰鬱《いんうつ》で孤独な男。人恋しいくせに人を嫌う。しかし、女は別物と考える。なぜなら容易《たやす》く力で押さえることができるからだ。強い言葉で威嚇《いかく》して服従させることもできる。自分の殻《から》にこもっている人間ほど、独善的で権柄《けんぺい》ずくになりやすい。だから自分より弱い者を支配したがる。自然、その相手は女になることが多い。

(待てよ、与右衛門の女関係はどうなのだ)

伝次郎は宙の一点を凝視して考えた。もう一度、佐谷家と榊原家に聞きに行かなければならない。伝次郎は事件解決のためには労を惜しまぬ男だ。

よしと腹の内で、気合いを発して茶に口をつけたとき、

「旦那!」

と、すぐ近くで大声がしたので、思わず茶を噴《ふ》きこぼしそうになった。

「旦那、わかったんです」

息を切らしながら近づいてくるのは与茂七だった。すぐそばに粂吉もいた。

「わかった……」

伝次郎は真顔を二人に向けた。

「与右衛門は浅草福川町にある武蔵屋《むさし》という刀剣屋に行っていました。村正を買い取ってもらおうとしたらしいですが、やり取りの挙げ句に売るのをやめ、てめえが腰に差していた刀だけを売ったそうで……」

与茂七はやや興奮気味の声で言って、ハアハアと息つぎをする。その顔に汗の玉を張りつかせている。

「刀剣屋を出た与右衛門は深川に向かったようです。武蔵屋はそう言ったんだな」

粂吉が言葉を添えて、たしかめるように与茂七を見る。

「そうです。与右衛門は武蔵屋にこれから深川に戻ると言ってるんです」

「深川に戻る……」

つまり、与右衛門は深川のどこかにいることになる。

「へえ」

「与茂七、でかした」

伝次郎が褒めると、与茂七は照れくさそうな笑いを浮かべた。

「これから深川へ行きますか？」

条吉が聞いてくる。

伝次郎は空を見た。まだあたりは十分あかるいが、これから深川に行ったとしても着く頃には夕闇が漂っているだろう。それに、みんな朝から歩きづめである。

「深川へ行くのは明日にしよう。おれはこれから佐谷家へ立ち寄って、与右衛門の女関係を聞いてくる」

「女……」

与茂七が怪訝《けげん》そうな顔をする。

「与右衛門の性格はこれまで聞いたかぎりではあるが、だいたい読める。友達のいない孤独な男だ。陰鬱なくせに高飛車《たかびしゃ》な一面があり、支配欲が強い。そんな男は自分の御しやすい女を好む」

「するってエと、身内の知らない女が与右衛門にいるってことですか？」

条吉である。与茂七は手拭いで汗を拭っている。

「もしそういう女がいたら、誰か気づいていてもおかしくはないということだ」

伝次郎は湯呑みを置いて立ちあがった。

「旦那、まだ日は長いです。おれも付き合いますよ」

与茂七はやる気のある目をしている。

「付き合ってもよいが、屋敷には入れぬぞ。それに、事はおれひとりで足りる」

「それじゃ、どこかで待ってますよ」

「いらぬことだ。だが、わかった。おまえはひとつ手柄を立てた。今夜は千草の店で軽くやろう。粂吉、どうだ？」

「へえ、喜んで」

「明日のこともあるから軽くだ。では、あとで会おう」

伝次郎はそのまま二人を置き去りにするように、すたすたと歩きはじめた。

二

「すっかり夏だな」

与右衛門は盃を口の前で止めて、油堀に目を注いだ。黒々とした堀川に、町屋のあかりが映り込んで揺れている。

「もう、とうに夏ですよ」

お琴が科《しな》を作って応じた。その頬がほんのりと赤く染まっている。行灯のあかりのせいではなく、酒のせいだ。

「おまえ、おれといっしょにいて楽しいか」

与右衛門は金壺眼を光らせて、お琴を凝視した。

「旦那様は頼りになるお人。そうでしょう」

お琴はふっと、口の端に笑みを浮かべる。

与右衛門は黙したまま「頼りになる」という言葉の意味を考えた。やはり、この女は金が目当てなのだと思う。どうせ、おれはそれだけの人間でしかないとも。人に愛されたことのない男の僻《ひが》みかもしれないが、心の底から慕ってくる女に出会ったことがない。それに、もうそんなことは望みもしない。

「おれがどういう男なのか、何も知らずに、よくいっしょにいるものだ」

与右衛門は酒をあおった。

お琴がすぐに酌をしてくれる。売女だったくせに、しなやかできれいな指をしている。

「旦那様は悪い人じゃないもの。わたしにはわかるのよ」

「ふん、おまえは何もわかってなどおらぬ」

「わかるわ。わたしはずっと見ず知らずの男を相手にしてきた女。それも一晩だけ、あるいは一切《ひときり》だけ。その数も百や二百じゃありませんのよ。だからその人がどういう人なのか見当がつくのです」

「くだらぬ自慢話だ」

「こんな話は旦那様だけにしかしませんから……」

「おれは人殺しだ」

ほんとうのことを言っても、お琴は薄い笑いを浮かべているだけだった。

「また、ご冗談を……旦那様はそういうお方ではありません」

「四人殺した。みんな女だった」

お琴の表情が少しかたくなった。だが、すぐに頬をゆるめ、

「人を担ぐような悪い冗談」

と、ひょいと首をすくめる。それは他人に媚びを売る仕草だった。与右衛門にはそう映った。

「嘘ではない」

与右衛門はそう言うなり、そばに置いていた刀をつかみ取り、さっと抜き払った。そのままお琴の首に刃をあてた。お琴は凝然《ぎょうぜん》となって目をみはった。それまで浮かべていた笑みはすっかり消え、顔色まで変えている。

「あ、危ないではありませんか」

お琴は声をふるわせた。

「おれについてくるのはかまわぬが、おれはそういう男だ」

与右衛門は刀を引いて、鞘《さや》に納めた。

「ほ、ほんとに人を……」

お琴がまばたきもせずに聞いてくる。

与右衛門はその顔をさっと見ると、また刀を抜いた。お琴は「ひっ」と、小さな悲鳴を漏らして両手を後ろにつき、にじり下がった。

だが、与右衛門は刀をかざして、見惚れたように千子村正を眺めた。試しに何かを斬りたいと思う。そう思わせる刀だ。

「か、刀を、しまってください」

お琴がふるえ声で言った。与右衛門はさっとその顔を見て、刀を鞘に戻したが、

「酔いを醒ましてくる」

と、言って立ちあがった。

「どこへ行かれるのです」

「その辺をぶらついてくる。夜風が気持ちよいからな」

そのまま梯子段を下りると、一階の居間を眺めた。所帯道具の少ない家である。もっとも、お琴が〝商売〟のために借りている家だから、それで十分なのだ。

(あの女の世話になるのも癪《しやく》に障る)

上にいるお琴をにらむように、天井を見あげた。騙されはせぬぞと、胸の裡でつぶやき、長屋を出た。

そのまま油堀沿いの道を辿る。居酒屋や小料理屋のあかりが河岸道に縞目《しまめ》を作っていた。楽しげな笑い声が漏れている。舟提灯をつけた猪牙舟が、二人の客を乗せて大川のほうからやってきた。

舳《みよし》が水をかき分けて近づいてくる。猪牙舟の客はどこぞのお大尽《だいじん》風情だ。この先に小洒落《こじやれ》た高級な店はない。であるなら、どこぞの店で聞こし召しての帰りだろう。

与右衛門はあてもないのに、ぶらぶらと歩いた。たしかに夜風がわずかに火照《ほて》った肌に気持ちよい。

夜空に浮かぶ星々のきらめきが、夜道を仄《ほの》あかるく照らしている。

おれはこの先どうなるのだと考える。無事にいられないのはわかっている。捕まってもいいと肚をくくってもいる。

だが、もう少しこの世の風情を楽しみたい。それまでは生きていなければならぬが、いつまでのことかは見当がつかぬ。

腰の刀の柄に手を添える。斬ってみたいという衝動に駆られた。たしかに妖刀だと思う。

宿業や因縁といった呪縛から、すべてを解き放つ無念無想の刀。

(ほんとうにそうなら、おれは何ものにも束縛されずに生きられるはずだ)

いい刀が家にあったものだと、いまさらながら嬉しくなった。そういう刀だと知っておれば、とうの昔に自分のものにしていたのだがと、わずかに後悔したが、いまはおのれの腰にしっかり納まっている。

与右衛門はふっと口の端に笑みを浮かべた。これが頼りだと、柄頭《つかがしら》を小さくたたっていた。

たいた。気づいたときには一色町《いっしきちょう》を過ぎ、加賀町《かがちょう》に架かる緑橋をわたっていた。

そのとき、右手の千鳥《ちどり》橋からやってくる侍の黒い影があった。

その侍は橋をわたりきると、そのまま背を向け大川《おおかわ》のほうへ向かったのだが、小料理屋のあかりがその顔を浮き彫りにした。

(あやつ!)

与右衛門は、はっきりその顔を覚えていた。昼間会った男だ。

このあたりは蔵が多い。その数四十八なので「いろは蔵」と呼ばれてもいる。

(試そう)

衝動に駆られた与右衛門は、村正の柄に手を添え、足を速めた。

三

伝次郎と粂吉、そして与茂七は千草の店で盃を傾けていた。

他にも客はいたが、小半刻ほど前に帰って、いまは伝次郎たちだけだった。

「旦那、もう一本だけいいですか」

与茂七が徳利の首を持って振る。いい気分で酔っているようだが、量はさほど飲んでないのはわかっている。

「それきりにするなら……」

伝次郎が応じると、与茂七は嬉しそうな声を、板場にいる千草にかけた。

その日の夕刻、佐谷家を訪ねた伝次郎だが、与右衛門の女に関する話は聞くことができなかった。

当主の紹之助はもともと与右衛門との関わりが少なく、隠居の三郎右衛門も年の離れた弟に関知していなかったせいか、わからないと首をひねるだけだった。

ひょっとして男色《だんしょく》なのかもしれないと思い、そのことを訊ねたが、三郎右衛門はそれはあり得ないと断言した。

なぜなら与右衛門がこっそり岡場所に行くのを知っていたからだ。だが、その先のことはわからないと付け加えもした。

結局、与右衛門の女関係はわからずじまいである。

「しかし、旦那。あっしは深川にもいないような気がするんです」

粂吉が思い出したように口を開いた。

「何故そうだと……」

伝次郎は煮豆を口に放り込んで、凡庸《ぼんよう》な条吉の顔を見た。

「与右衛門は人殺しです。それも身内を四人も殺しているんです。江戸に留まっているほどの肝があるでしょうか？」

「与右衛門は金を持っている。見知らぬ土地に逃げるというのは大いに考えられる。されど、与茂七が聞き込んできたことを軽んじるわけにはいかぬ。それも四日前に与右衛門は刀剣屋にあらわれ、深川に戻ると言っているのだ」

「……たしかに」

「佐谷家の女を殺して、もう一月以上たっているんです。それなのに、四日前に武蔵屋に刀を売りに行ってんですよ。条さん、どうぞ」

与茂七はそう言ったあとで条吉に酌をした。

「そうか、殺しをしたあとも江戸にいるってことだものな。それも一月はたっているっていうのに……」

条吉は無精ひげの伸びた顎をさすって酒に口をつけた。

「とにかく明日は深川をあたる。尻尾をつかめるかどうかわからぬが、人相書が頼りだ」

伝次郎も酒に口をつけた。

千草が新しい酒を運んできて、

「あとでご飯、召しあがりますか？　山菜の炊き込みを作ってあるんですけど」

と、みんなの顔を見る。

「いただきます！」

即座に答えたのは与茂七である。

「粂さんも召しあがりますね」

聞かれた粂吉は、ありがたいことですと頭を下げる。

「千草、それで須永殿のご新造の件はどうなったのだ。見つかったのか？」

伝次郎は会ったらすぐに聞こうと思っていたのだが、他の客がいたので控えていたのだった。

「お昼近くまで須永様に付き合ったんですけれど、あとは自分で捜すとおっしゃったので、そのまま帰ってきたんです。気にはなっているんですけど……」

千草はそう言って、店の外を見る。戸は開け放されているので、星あかりに照らされている表の道が白っぽく浮かんで見えた。

「須永というのは誰です」

条吉が顔をきょろきょろさせて聞く。答えたのは与茂七だった。

「下総のお侍で、ご新造が思い違いをして家出をしてんです。それでご亭主の須永様が江戸に捜しに来てんですよ。そうですよね、おかみさん」

「簡単に言えばそういうことだけど、でも須永様、どうしたのかしら……」

千草は心配そうな顔を表に向けた。

「それで捜す手掛かりは見つかったのか？」

伝次郎だった。

「ええ、本湊町の親分が松坂屋の親戚を知っていたんです。その親戚は深川で菓子屋をやってらっしゃるらしいのですけど、深川のどこにその店があるかわからないんです」

「店の名は？」

「親分は忘れたのか、そこまで聞いていなかったみたい。その親戚の名前もわからないんですけど、安っぽい菓子屋ではなかったと言いますから、そんな店を当たってみたんですけどね。でも、須永様がこう遅いというのは、ひょっとして見つかったのかもしれません」

「そうであればよいな。さて、おれは飯にしよう」

伝次郎は盃を伏せると、飯といっしょに茶をもらえるかと千草に請《こ》うた。

「では早速にも」

「では、あっしも頂戴できますか」

粂吉が言うと、

「与茂七はどうするの？　まだ飲むつもり？」

千草が与茂七に顔を向けた。

「ああ、そんなこと言われちゃ飲めねえじゃねえですか。意地が悪いなァ」

「いいのよ。ここにあるのだけ飲んでおしまいなさい」

「言われずとも一気に片づけちまいますよ」

「まったく口の減らない男だわね」

千草が小言を漏らして板場に戻ろうとしたときだった。どん、と戸口のほうで音がして、ひとりの男が戸柱にすがりついた。

全員そっちを見てギョッとなった。店の戸口にあらわれたのは侍で、しかも片腕が血まみれになっていたからだ。

「須永様！」

悲鳴のような声を発したのは千草だった。

四

須永宗一郎は左肩をざっくり斬られていた。出血はひどかったが、伝次郎の手当てが功を奏したのか、血はどうにか止めることができた。

「傷は深いが、大事には至らぬだろう。念のため、明日にでも医者に診せたほうがよい」

伝次郎は須永の肩を止血したあとで、千草からもらった手拭いで手を拭いた。

「なぜこんなことに……」

聞いたのは千草だった。

「あの男だった。今日の昼間、千草殿と別れたあとで擦れ違った侍だった」

「どうして、その人と……」

「わからぬ。その侍の連れの女が、遠目に拙者の妻に似ていたのだ。もしやと思って見ていたら、いきなり因縁をつけられた」

「質《たち》の悪い浪人や勤番がいますからね」

言うのは与茂七である。

「それにしても、ありがとう存じます」

須永は伝次郎を見て頭を下げ、

「千草殿のご亭主ですね。話は伺っています」

「沢村伝次郎と申します。貴殿のことも千草から聞いています。奥方のことさぞやご心配でしょうが、何故、こんなことになったのです」

「拙者にもよくわからないのです」

須永はそう言ったあとで、斬り合いになったときのことを話した。

それは妻捜しを中断し、深川を離れようとしたときのことだった。

須永が油堀に架かる千鳥橋をわたり、いろは蔵の前に来たときだった。背後に人

の気配を感じるやいなや、

「おぬし」

と、声がかけられた。

須永が立ち止まって振り返ると、薄闇からあらわれた男がいきなり刀を鞘走《さやばし》らせ斬りかかってきた。

須永はとっさに跳びじさり、腰の刀を抜いて平青眼《ひらせいがん》に構え、

「何をするッ！」

と、威嚇の声を張った。

しかし、相手は総身《そうみ》に殺気をみなぎらせ無言で詰めてきた。

「拙者のことを知ってのことか……」

問うたが、男は答える代わりに突きを送り込んできた。牽制《けんせい》の突きだったが、須永は左に打ち払った。

しかし、それは空《くう》を切った。転瞬《てんしゅん》、男は袈裟懸けに撃ち込んできた。

須永は半身をひねってどうにかかわしたが、足が窪地にかかり、体がよろけた。

そこへ唐竹《からたけ》割りに斬り込まれた。横に転がるように逃げると、胴を抜くように刀を

振った。

相手はそれをうまくかわし、上段から撃ち下ろしてきた。

がつッ。

須永は刀を地面と水平にして受け止めた。そのまま体を入れ替えるようにまわったとき、男の顔が見えた。

(昼間のあの侍だ)

気づいて目をみはったとき、男は跳びじさりながら素速く引いた刀を振ってきた。

「うッ……」

須永は肩に衝撃を覚え、そのまま大きく下がった。

斬られたとわかっていた。このままでは殺されると恐怖したが、緑橋をわたってくる男たちの声があり、相手はそのことで躊躇《ためら》い、そのまま闇のなかに消えていった。

「近くの番屋に飛び込んでもよかったのですが、死ぬほどの傷ではないと思い、そのままここまで歩いてきたのです」

須永は経緯を話し終えると、大きなため息を漏らした。

「命に関わるような傷でなくて幸いでございました。しかし、須永殿はその男の顔を覚えておいでなのですね」

伝次郎が問うと、しっかり覚えていると言い、

「会えばすぐにわかります」

と、付け加えた。

「物盗《もの と》りだったんでしょうか？　それとも、ただの辻斬り……」

与茂七である。わからないと、須永は首を振る。

「それで、ご新造さんは？」

千草が心配そうに聞く。

「いっこうに見つかりませんで。大方の菓子屋はまわったのですが、どこの店も松坂屋の親戚ではありませんでした。それに、松坂屋のことも知らないようで……」

「おかしいですね。あの親分は、深川の菓子屋だと言ったのに……。まさか、あの人が嘘を言ったとも思えないけれど……」

千草は困ったという顔を伝次郎に向けた。

「もう一度、その岡っ引きに話を聞いてみてはどうだ」

「そうですね。明日また会って聞いてみます。それで須永様、夕餉はまだなんでしょう。簡単な物ならすぐにご用意できますが……」

千草は須永が落ち着きを取り戻したようだから聞いたのだ。

「かたじけない。こんな無様《ぶざま》なことになってしまったが、正直、腹が空いておるのだ」

「食欲があれば、傷の治りも早いでしょう。それにしても、ご難でしたね」

粂吉が気の毒そうに須永を眺めた。

「須永殿、これはわたしの助をしてくれている粂吉という者です。この男も同じで与茂七と言います」

伝次郎が紹介すると、粂吉と与茂七が揃ったように頭を下げた。

「いろいろとご面倒をかけて相《あい》すまぬ」

須永も礼を言って、小さく顎を引いた。

「こんなものですけど、どうぞ召しあがってください」

千草が山菜の炊き込みご飯と、味噌汁を運んできた。須永が礼を言うと、

「おかみさん、おれたちのもあるんでしょうね」

と、与茂七が念押しをした。

そのことで、小さな笑いが起き、その場の空気が少しやわらいだ。

五

「あの親分が聞き違えたのかしら、須永様は深川の菓子屋はほとんどあたったけれど、どの店も松坂屋の親戚ではなかったとおっしゃるし……」

千草はぽつんとつぶやいた。

「深川に店はあったが、別の町に移っているのではないか。その岡っ引きが話を聞いたのはいつなのだ」

伝次郎は隣に並んで歩く千草を見た。

「それはちゃんと聞いていませんでしたわ。とにかく明日、あの親分に会ってもう一度話を聞きます」

「しかし、須永様は怪我をしてんですよ。ご新造捜しをつづけるんですかね」

与茂七が疑問を呈する。三人は須永を小野屋という旅籠に送り届け、川口町の家に帰っているところだった。

「そのために来たのだ。怪我をしたからと言ってあきらめはしないだろう。それに怪我をしたのは肩だ。歩くことはできる」

伝次郎が答えると、与茂七はそうですねと小さく応じた。

「暇な身であれば、奥方捜しを手伝えるのだが、そうもいかぬ。千草、さっき話をしてよくわかったが、須永殿は一筋な人だ。無理をしない程合いで手伝ってやれ」

「そのつもりです。何もかも聞いてしまった手前もありますから……」

伝次郎は千草の横顔をちらりと見てから、遠くの空に浮かぶひときわあかるい星に視線を注ぎ、須永の心境を慮《おもんぱか》った。

禄の少ない下級武士でありながら、仕える藩に半知借り上げをされ、挙げ句身に覚えのない噂が立ち、それを真《ま》に受けた妻に出奔されてしまった。

さらに、妻を捜すために届けを出したら、そのことで役儀召放になっている。不憫という一言では片づけられない。

本人は藩に未練はない、潔く刀を捨て土にまみれて生きると言っているが、それには相当の覚悟がいったはずだ。

されど、須永は妻の誤解を解き、向後《こうご》のことをよくよく相談して、生まれてくるだろう子供を育てなければならない。

須永は言った。

「たとえ向後の暮らしがきつくても、そこに小さな幸せや生きる喜びがあればよいのです。多くを望んだり、身の丈に合わぬことを欲したりせず、慎ましく生きるだけです」

その言葉を聞いたとき、伝次郎は感服《かんぷく》した。顔つきから決して口先で言っているのではないというのもわかった。

与右衛門を早く捕まえることができれば、須永の妻捜しを手伝ってやれる。もっとも、明日にでも見つかればよいのだが……。

友は窓辺にもたれ、自分の呼気を流れてくる風に流して、星空を眺めた。そっと腹に手をやり、やさしく撫でる。腹の膨《ふく》らみがはっきり目立つようになっている。ときどき腹のなかで赤子が動いているのもわかるようになった。そのせいか腰や背中が痛くなっている。立ち仕事は苦にならなかったが、この頃辛いと思うことがある。

妹のお才が気遣って休んでいいと言ってくれるが、世話になっている手前甘えるわけにはいかなかった。

「それにしても、わたしは……」

つぶやきを漏らした友は、夫・宗一郎のことを脳裏に浮かべた。まさか裏切られるとは思わなかった。

そのことが悔しくてしかたないけれど、ひょっとしたら何かの間違いだったのではないか、わたしが早とちりしたのではないかと思うことがある。

夫は生真面目で一本気である。不義不忠を嫌う人だ。

それ故に、評判の悪い城下の女といい仲になっていると聞いたときには、腹を立て落胆し、同時に激しい怒りを夫に覚えた。

騙された裏切られたという思いが強かった。だから家を飛び出したのだが、刻《とき》がたつほどに夫への怒りが薄れ、もしいま自分が家に帰ったら、何を言われるだろうかと、そのことのほうが心配である。

夜逃げするように行方をくらました自分のことを詫びても、夫は許さないかもしれない。

(どうしたらいいの?)

友は遠い星に、心の内で呼びかけた。

「姉さん」

廊下から声がかかり、障子が開けられ、妹のお才が入ってきた。姉妹なのに、お才は小柄で丈夫そうな体つきだ。もともと愛嬌のある顔同様に小さなことにこだわらないし、辛抱《しんぼう》強い。

「わたし、よく考えたんだけどね」

お才はそう言って目の前に座った。

「何を?」

「姉さんのことよ。やっぱり国に帰ったほうがいいと思う。ここにずっとはいられないのよ」

「それはわかっているわ」

お才はまっすぐ見てくる。

いつもにこやかな顔をしているが、いまは厳しい表情だった。

「お腹には子がいるのよ。ひとりで育てると言うけど、そんなの無理よ。子が生まれたら、すぐにはたらくことはできないのよ。今日はつくづくそう思ったわ」

「心配しないで……」

友は口の端に笑みを浮かべたが、お才は厳しい顔でつづけた。

「わたしは須永様のもとに戻るべきだと思う。どんなにきつく叱られようが、謝ればきっと許してくれるわよ。それに須永様が不義をはたらいたっていうのは、ほんとうかどうかわからないでしょう。悪い噂を姉さんは信じ込んでいるだけかもしれない」

「そんなことは……」

「ちゃんとたしかめたの？　須永様に問い質《ただ》してもいないんでしょう。とにかく帰るならいまのうちよ。遅くなればなるほど困るのは姉さんなのよ。お腹の子のことを考えたら、そうすべきよ」

腹の子のことを言われると、友は苦しくなる。たしかに、このままでは丈夫な子を産めないかもしれない。産めたとしても、その先のことに不安がある。

「お才、ありがとう。よく考えるから……」

「ほんとよ。姉さんのことを思って言っているんですからね」

「わかっているわ」

「今日の明日というわけにはいかないでしょうから、二、三日内にちゃんと返事をください。ほんとうならわたしが送って行ってあげたいんだけど、それはできないから……」

「お才、あんたには迷惑をかけるわね」

「そんなことはどうでもいいの。わたしは姉さんに戻ってほしいだけ」

妹の気持ちは痛いほどわかる。それだけに、友は胸を熱くした。

六

「おれたちも今日は深川の探索である。手が空いたときにしかできぬが、須永殿の奥方が世話になっている菓子屋にもあたりをつけてみよう」

伝次郎は朝餉を終え、着替えにかかっているところだった。千草が脱いだ寝間着を畳み、羽織を肩にかけてくれる。

「無理をされては困りますけれど、あなたがそう言ってくださると心強いです」

「須永殿の肩の傷だが、無理はできぬはずだ。今日は医者に診てもらったほうがよい」

「そう勧めます」

「うむ、刀を……」

千草がすぐに刀を取って、わたしてくれた。

伝次郎は脇差《わきざし》を帯に差し、大刀を手に持ったまま玄関土間に下りた。与茂七が揃えてくれた雪駄を履き、千草を振り返った。

「亀島町に八丁堀の与力・同心が世話になっている、井上高堂《いのうえこうどう》という医者がいる。もう五十は過ぎているが、腕はいい。わたしの名を出せば、よきに計らってくれるはずだ」

外役の同心、とくに凶悪犯罪に関わる廻《まわ》り方《かた》の同心は怪我が絶えない。井上高堂は町奉行所お抱えの医者といっていい存在だった。

「井上高堂様ですね」

「うむ」

うなずく伝次郎に、千草が切り火を切った。与茂七も呼び止めて、同じように切ってやる。

表はどんより曇っていた。このところ晴天つづきだったので、そろそろ天気が崩れるとは思っていたが、その予感があたりそうだ。

伝次郎は鈍色《にびいろ》の空を眺めて、できるなら降らないでくれと願った。

「旦那、考えたんですけど、こんな早く深川に行っても料理屋や飲み屋は開いていませんよ」

与茂七が歩きながら言う。

「支度をしている店もあれば、買い出しに行っている店もある。表戸が閉まっていても、商売人はちゃんと仕事をはじめている」

「そっか……」

与茂七はペタンと自分のおでこを手でたたいた。

二人は新川《しんかわ》まで来ると、河岸道沿いに東に向かう。商家のほとんどは仕事をはじめており、河岸場では積み下ろし作業が行われていた。このあたりは酒屋が多い。

酒は上方から樽廻船《たるかいせん》を使って輸送される。その酒樽を積んだ艀舟《はしけ》が多く見られる。蔵地と酒問屋を行き来する奉公人もいれば、股引に上半身裸で重い荷を運んでいる人夫の姿もある。また、江戸の方々から仕入れにやってくる商売人の姿も少なくない。

大きな酒問屋が居並んでいるが、暖簾はそれぞれに違う色だ。紫、紺、紅葉《もみじ》、山吹《やまぶき》、あるいは空色などと特色があり、それに店名が染め抜かれている。

町の奥から鶯の高らかな声が湧いていた。

永代橋をわたったところで、粂吉と合流した。

「待たせたか？」

伝次郎は近寄ってきた粂吉に言ってそのまま歩く。

「いえ、ついさっき来たばかりです」

「与右衛門捜しもあるが、これと思う菓子屋があれば、本湊町の松坂屋の親戚かどうか聞いてくれるか」

「須永様のご新造捜しですね」

「須永殿は虱潰《しらみつぶ》しにあたっているようだが、見落としがあるやもしれぬ。頭の隅に入れておけ」

「へえ。それでどこへ」

「与右衛門は金を持っている。曲がりなりにも旗本家の者。それに、一度は実家より格上の旗本家の養子になった男だから、見栄《みえ》があるだろう。縄暖簾などの安っぽい店に出入りはしていないはずだ。もっとも、そっちの調べもあるが、先に大きな料理屋からあたっていこう」

深川の一流料理屋は、富岡八幡宮の南を東西に走る馬場通り界隈に集中している。とくに「八幡町《はちまんちよう》」と通称される永代寺門前町には、料理茶屋が軒をつらねており、風流を好む武家や文人墨客《ぶんじんぼつかく》が贔屓にしている料亭があった。

伝次郎は黒江町《くろえちよう》まで来ると、路地を入って深川蛤町《はまぐりちよう》で足を止めた。そこは大《おお》島川《しまがわ》沿いの河岸道で、黒船橋《くろふね》のそばに一軒の料理屋があった。山海楼《さんかいろう》という屋号で、二階建ての店だ。表戸は閉まっているが、裏にまわると料理人や奉公人が仕事をはじめていた。

伝次郎は人相書を見せながら与右衛門のことを訊ねるが、芳《かんば》しい返事はない。

「客をもてなす女中たちは、何刻頃《なんどき》やってくる」

伝次郎はあっさりあきらめはしない。

「大方昼を過ぎないと来ませんが、住み込みの女中なら何人かいます」

応対をする手代はそう言って、三人の女中を呼んでくれた。

伝次郎は与右衛門の人相書を見せて、似た男が来ていないかと聞くが、女中は首をかしげるだけだった。この三人はたまたま、与右衛門の客間に行かなかっただけかもしれない。

「客を迎えるのは番頭だろうが、そのそばにもついている者がいると思うが……」

伝次郎は三十前後の手代を見て聞く。

「わたしもお迎えしますが、仲居頭《なかいがしら》がいっしょのときもあります」

「番頭と仲居頭は、いまはいないのだな？」

「へえ、やはり昼頃でないと出てきませんで……」

「ならば、また出直すことにする」

伝次郎は山海楼を出ると、つぎの店に向かった。

河岸道につらなる商家は、ほとんどが戸を開け放っている。暖簾も掛けているし、人通りも少なくない。大島川を行き交うひらた舟や猪牙舟も見られる。

「粂吉、人相書は余分にあるか？」

「あっしは十枚ほど持っていますが……」

「それを持って各町の番屋へ行き、詰めている者にわたしてこい。ひょっとすると与右衛門を見ている者がいるかもしれぬ。そのこと忘れずに聞いてこい」

「承知しやした」

粂吉が駆け去ると、伝次郎は与茂七を連れてつぎの店を訪ねた。しかし、結果はさっきと同じだった。

そうやって三軒目の店を出たとき、ぽつんと頬にあたったものがあった。伝次郎は空を見あげた。

「降ってきやがったか……」

七

「無理に腕を動かさないことだね。とにかく無理をしないのが早く治る秘訣だ。災難でござったが、命あっての物種《ものだね》と思ったがよかろう」

井上高堂は須永の手当てを終えると、湯涌《ゆおけ》で手を洗って安心させるような笑みを浮かべた。

「それにしても……」

と、言葉をついで千草を見る。

「そなたが沢村殿の連れ合いになられたとは初めて知ったことだ。沢村殿は若い頃から知っておるが、お役目を離れたと知ったときは驚いた。それより身内が可哀想でな」

高堂は慈姑頭《くわい》をうなずかせ、憐憫《れんびん》のこもった目を千草に向けた。

「話は聞いていますが、ほんとうに……」

千草は目を伏せる。

「どういうことでしょう」

伝次郎のことをよく知らない須永は目をしばたたいて、二人を眺めた。

「話せば長くなりますので、今度、暇な折にでも……」

千草はそう言って高堂に礼を言った。須永も倣《なら》って頭を下げた。

高堂の家を出ると、雨が降っていた。

「傘を持ってきてよかったです。須永様、これを……」

千草は先に開いた傘を須永にわたした。

「かたじけない」

「もう一度、秋造親分から話を聞こうと思いますが、どうされます？」

「拙者もいっしょに聞きます」

そのまま二人は雨のなかに足を踏み出したが、まだ強い降りではなかった。

「さっきのことですが……沢村さんのお身内がどうかされたのですか？」

須永は歩きながら千草に顔を向ける。

「……あの人にはいろいろありまして……じつは身内をある男に殺されてしまったのです。その前に、その男は大目付様のお屋敷に逃げ込んだのですが、取り押さえられなかったばかりか、お屋敷に入られた大目付様の勘気《かんき》を蒙《こうむ》り、伝次郎さんはいっしょに動いていた他の同心の責任をひとりで被り、御番所を離れたのです」

「元は同心だったのですか。それでいまは、内与力並みと伺いましたが……」

「御番所を離れたあとは船頭をしていました。そのとき、わたしと知り合い、それでいっしょになったのです」

「船頭を……。さようなことでしたか。それで、その下手人はいまだ捕まっていないので……」

「いえ、あの人が敵《かたき》を討ちました。わたしは見たわけではありませんが、そう聞いています」

「身内とおっしゃいましたが、何人だったのです？」

「ご新造さんと、息子、そして使用人も殺されたと聞いています」

「何ということ……」

須永は同情のため息をついた。

「しかし、いまは御番所でお役目についておられる。そんなことが……」

須永は伝次郎が再雇用されたことに得心《とくしん》がいかないようだ。通常ならあり得ないことだからである。

「伝次郎さんはずっと船頭でよかったと言っていましたが、あの人のご同輩《どうはい》がお奉行に呼び戻してくれと、強く訴えられたのです。それは願えぬことだったのですが、お奉行は新規お抱えの自分の家来として役目を与えられたのです」

「お奉行のご判断で返り咲かれたということですか。それはまた運がよかったのでしょうが、それだけ沢村さんが頼りにされている証《あかし》でしょう。なるほどさようなことが……」

須永はいたく感心顔でうなずいた。

本湊町に入ったときに雨の降りが強くなった。通りに水たまりもできはじめていた。

千草は秋造の女房・おさくの煙草屋に行くと、

「何度も申しわけないけど、いま親分はどこにいるかしら?」

と、聞いた。

「今朝は早くに家を出て行っちゃったわよ。何でも御番所の旦那に呼ばれたからと言ってたから、いつ帰ってくるかわからないわね。それで、まだ見つからないの?」

「親分の言った菓子屋を探したんですけど、見つからないんですよ。せめて店の名前だけでもわかるといいのですけど」

「そう言われても、あの人がいないんじゃ……」

「おかみさんは、松坂屋の他の親戚をご存じないかしら?」

「あたしゃ、何にも知らないのよ。あの店の近所に住んでいた人たちは、みんな火事で余所《よそ》に行ってしまってるし、どうしたらいいかねえ」

「千草殿、もう一度深川を探してみましょう。まだ訪ねていない店があるはずですから……」

須永は千草をいざなうが、

「おかみさん、もし親分が帰ってきたら、稲荷橋をわたったすぐ先に桜川という店がありますから、そこに来てもらうように言ってもらえませんか」

と、おさくに頼んだ。

「桜川……」

「わたしの店なんです」

「へえ、あんた店をやっているのかい」

おさくは驚いたように目をまるくした。

「お願いできますか？　八つ頃には店に戻りますから」

「そんなことならお安い御用さ。それにしても大変だね。早く見つかるといいですね」

おさくは気の毒そうな目を須永に向けた。

千草と須永が煙草屋に背を向けたときには、さらに雨の勢いが増していた。

第六章　深川女郎

一

ボタボタと庇《ひさし》から落ちる雨が、地面を穿《うが》っていた。

町屋は雨に烟《けぶ》り、人通りが絶えている。大八車《だいはちぐるま》がガラガラと車輪の音を立てて、目の前を通り過ぎた。大八車を引く車力《しゃりき》はずぶ濡れで、裸足《はだし》だった。

それを見送った与右衛門は、恨めしそうに大粒の雨を降らす暗い空を見あげた。

お琴の家を出たときには曇りだったが、まさかこんなひどい雨になるとは思っていなかった。着流しを端折《はしょ》って尻にからげ、近所で買った傘を差していたが、降りが強くなったので酒問屋の庇の下に逃げ込んでいた。横には天水桶《てんすいおけ》があり、手桶がきれいに積まれている。

お琴の長屋までさほどの距離ではないものの、もう少し降りが弱くなってから帰ろうと考えていたが、降り方を見ているとすぐにはやみそうにない。

与右衛門はええい、ままよとばかりに雨のなかに足を踏み出した。雨水を吸った雪駄がじゅくじゅくしているし、小袖の裾も肩も雨に濡れ黒くなっていた。

(煙管を買いに行ったばかりにこんなことになるとは……)

与右衛門はぼやきながら馬場通りを横切り、油堀からの入堀沿いの道を辿った。煙管を買いに行ったが、結局気に入ったものはなかった。他の煙管師を訪ねてみようと思った矢先にこの雨だ、と内心で愚痴る。

油堀の手前を右に折れた先が、お琴の長屋だった。油堀をたたく雨粒が無数の波紋を作っては消え、消えては作るを繰り返していた。

そんな雨のなかをさっと黒い影がよぎっていった。燕である。与右衛門はその燕をにらむように見て、お琴の家の前に立った。傘を閉じ、戸を開けた。戸は雨で湿っているせいか、音もなく開いた。

と、与右衛門はこっちに尻を向けているお琴を見て、はっと目を険しくした。

お琴は屋根や地面をたたく雨音で、戸が開いたことに気づいていないようだ。それに、家のなかは薄暗い。

与右衛門は雪駄を脱いで、片足を居間の上がり口にかけた。お琴は尻を向けたままごそごそと手を動かしている。

与右衛門にはお琴が何をやっているかわかっていた。自分が隠した巾着《きんちゃく》を探しているのだ。ちょうどお琴のいる畳の下に、与右衛門は油紙で巻いた巾着を隠していた。それには約八十両が入っている。

知られないように隠したはずなのに、お琴は金の在処《ありか》に気づいたのだ。

与右衛門は気配を消して、ゆっくり近づいた。刀の鯉口《こいぐち》を切る。

「何をしていやがる」

くぐもった声を漏らすと、びくっとお琴の肩が動き、ゆっくり振り返った。肝を冷やした顔が恐怖に引き攣《つ》った。

「あ、あ、なんでも、ちょいと……」

声をふるわせるお琴の膝許に、油紙のほどかれた巾着があった。

「この下衆《げす》女郎めッ」

与右衛門は金壺眼に憎悪の光を宿すと、いきなり抜刀した。

「ひゃ！」

お琴は短い悲鳴しか発せなかった。同時に、パッと真っ赤な花が咲くように散り、障子が鮮血に染められた。

二

深川馬場通り、一ノ鳥居近くに茶屋がある。

伝次郎と粂吉、そして与茂七はその茶屋で雨宿りをしていた。

「すげえ降りですね」

与茂七があきれたように言う。

雨は激しさを増し、飛沫《しぶき》をあげて地面をたたいていた。通りのあちこちに水たまりができ、商家の暖簾は雨を吸って重く垂れている。

通りを歩く者がすっかり少なくなっていた。びしょ濡れになった野良犬が、のろのろと道を横切り、反対側の路地に消えた。

伝次郎たちは大まかに聞き込みを終えていたが、通いの女中や仲居への聞き込みをしなければならない。

「少し早いが先に飯を食っておくか……」

伝次郎は斜線を引く雨を眺めながらつぶやいた。

「そうですね。通いの仲居や女中が来るのは、昼過ぎだって言いますから」

与茂七が応じて閑散とした通りを眺める。

「しかし、深川にいるとすれば、与右衛門はどこに寝泊まりしているんでしょう」

伝次郎が考えていたことを、粂吉が代弁するように言った。

「おれもそれを考えていたのだ」

伝次郎は粂吉を見た。

「旅籠でしょうか……」

「家を借りるというのは考えにくい。おそらくそうかもしれぬ」

「それじゃ、あたりましょうか。深川にはさほど多くの旅籠はありません」

「そうだな。よし、飯を食ったら旅籠をあたってみよう」

伝次郎はそう言って床几から腰をあげた。

休んでいた茶屋のはす向かいに「めし処」という掛け看板を出している店があった。先ほど店の主みたいな男が暖簾を出したばかりで、一度通りを眺め、空を見てため息をついて店に姿を消していた。出された暖簾には「めし処」といっしょに、「そば」という字も染め抜かれている。

おそらく両方を提供する店なのだろう。このあたりは富岡八幡宮の参詣客をあて込んでいる店が少なくない。ここもその類《たぐ》いのようだ。

「そこの店へ入るか」

伝次郎は茶屋を出て、目に留まった店に入った。すぐに女中がやってきたが、そばを注文すると少し待ってくれと言う。釜の湯がまだ煮立っていないのだ。

「急いではおらぬから、待とう」

伝次郎はそう答えて、幅広の床几に腰掛けた。

「与右衛門はこの店にも来ていませんかね」

与茂七はそう言うなり、奥にいる女中を呼んだ。

「ちょいと人を捜しているんだが、この男が来なかったかい？」

与茂七は人相書を見せる。女中は少し驚いたように目をみはって、伝次郎たちをあらためて見た。

「お客さんたち、御番所のお役人で……」

「こっちの旦那がそうだ。おれたちは助っ人さ。で、どうだい？」

女中は一度伝次郎を見て、また人相書に視線を落とした。しかし、見たことはないと言う。

「この店には他にも女中がいるんじゃねえか。聞いてもらえないか」

与茂七に言われた女中は板場のほうへ行き、しばらくして戻ってきた。

「誰も来たことはないと言ってますけど……」

女中は申しわけなさそうな顔をして人相書を与茂七に返した。

「与茂七、だんだんわかってきたじゃねえか」

粂吉が茶化すように褒めると、与茂七は照れ笑いをして頭を掻く。それからふいと表を見て、あれと、小さな驚き声を漏らした。

「旦那、千草さんと須永様です」

言われた伝次郎はすぐに櫺子《れんじ》格子の向こうを見た。千草が須永といっしょに歩いていた。

「与茂七、呼んでこい」

言われた与茂七が立ちあがって、店の戸口で二人に声をかけた。千草と須永はすぐに店にやってきて、休んでいる伝次郎たちを意外そうな顔をして見てきた。

「雨宿りですか？」

千草がたたんだ傘を立てながら聞く。

「聞き込みの相手を待つまでの暇つぶしだ。それで何かわかったのか？」

伝次郎は千草に応じ返した。

「親分に話を聞きに行ったんですけど、留守でしたの。それでもう一度深川をあたってみようと思いまして」

「ふむ。須永殿、怪我のほうはいかがです？」

伝次郎は須永に視線を向けた。

「昨夜はお世話になりました。沢村さんの手当てがよかったらしく、医者もさほど心配はいらないと言ってくれました」

「それはよかった。早飯をするのですが、いかがです。わたしらはそばを注文しましたが……」

「ならば、拙者もお付き合いしましょう」

「与茂七、二枚追加だ」

言われた与茂七が、そのことを女中に告げた。

「しかし、よく降りますね」

須永はそう言って表を見、すぐ伝次郎に顔を戻した。

「なんでも人殺しを捜していると聞きましたが、いったいどんな男なのです?」

伝次郎は須永に教えても問題ないと考え、

「この男です。実の兄の妻と二人の姪、そして女中を殺して逃げている極悪人です」

人相書をわたしながら教えた。

須永はそれはひどいとつぶやき、わたされた人相書に視線を落とした。

「や、これは……」

と、驚きの声を漏らしたのはすぐだった。

伝次郎はぴくっと片眉を動かした。

「もしや、知っている男で……」

「こやつです、拙者を襲った男です」

「なんですと」

条吉も与茂七も須永を注視していた。

「間違いありません。昨日の昼にも会っているし、忘れられない顔です」

「昨日の昼間は女と歩いていたんでしたね」

「さようです」

「旦那、ってことは与右衛門はこの近くにいるってことですよ」

条吉が色めき立った目をして言った。

伝次郎も与右衛門がこの近くにいると確信した。

「須永殿、昨日、昼間に会った場所と襲われた場所は覚えていますね」

伝次郎は目を光らせて聞いた。

「無論、覚えていますとも」

「案内してもらえますか」

「承知しました」

伝次郎は五人分のそば代に心付けを足して、

「すまぬが、そばはいらぬ。お代はこれに」

と、女中に言って立ちあがった。

三

友は二階の窓辺に寄りかかるようにして座り、降りつづく雨の通りを眺めていた。ときどき腹の中の子が、蹴るような動きをするのでそのたびに腹をやさしく撫でていた。

その朝、店の手伝いをしたが、背中と腰の凝りがひどく、少し休ませてくれと言って二階にあがってきたのだった。土砂降りの雨のせいで店は暇なこともあり、主の藤兵衛《とうべえ》も快く応じ、

「無理はいけません。休んでいなさい」

と、気遣ってくれた。藤兵衛はなかなかの商売人だが、お才の夫である宇兵衛は頼りなかった。借金をこさえていたというのも知っているし、商い上手にも見えない。

しっかり屋のお才がついているから、松坂屋も何とか商いができていたというのも、江戸にやってきて知ったことだ。

それにしても江戸にやってくるなり、火事に見舞われるというひどい目にあった。そのまま松坂屋は行き場を失ったのだが、宇兵衛の叔父・藤兵衛の計らいで身を寄せさせてもらっているのだった。

しかし、いつまでも藤兵衛の世話になっているわけにはいかない。お才はそのことを気に病んでいるが、夫の宇兵衛はこのまま叔父・藤兵衛の店の奉公人になってもいいと言う始末である。

藤兵衛は酒問屋を営んでいて、深川一帯の酒屋や料理屋に酒を卸している。宇兵衛は配達や注文取り、掛け取りなどと忙しくしているが、お才はもう一度店を立て直さなければ義父に申しわけない、しっかりしろと叱咤《しった》している。

（そんなことより、わたしは……）

友は肩身の狭い思いをしている自分のことを考えた。いつまでもここにいるわけにはいかない。妹に世話になっているわけにも……。

ふっと、短く嘆息して表に目を向け直したとき、通りを歩いている男の後ろ姿を見て凝然と我が目を疑った。

「あれは……」

友は思わず声を漏らした。

その男は傘を差して三人の男と歩いていた。ひとり女がついている。

やがて、その姿は路地に入る角を曲がって見えなくなった。友は何度も目をしばたたき、まさかと胸の内でつぶやいた。

夫の宗一郎に似ていたのだ。後ろ姿だけだったし、傘を差していたからはっきりとはわからないが、よく似ていた。急に胸の鼓動が速くなり、落ち着かなくなった。

「そんなことはないはず……」

また独り言を漏らした友は、家を飛び出したときのことを思い出した。


夫の噂を耳にしたのは、近所の家の玄関前で立ち話をしている人たちからだった。

夫と同じ徒組《かちぐみ》の二人だった。その二人は友には気づかずに、

「須永もうまいことをやる。あのお定を口説き落としているとはな」

と、言って笑いあった。

友は聞き捨てならぬことだと思い、そっと生垣の陰に隠れて耳をそばだてた。

「お定は気の多い女だというが、まさか須永がな。おぬし誰に聞いたのだ」

「須永を高砂に連れて行った上役の吉岡《よしおか》様だ。厠《かわや》に立った隙に須永がお定と懇《ねんご》ろになっていたと言うのだ。吉岡様の目を盗んで指を絡《から》めもしたとな」

「お定は隅に置けない女だが、須永も須永だ。まあ、あやつはなかなかの色男だ。さようなことがあってもおかしくはなかろう」

話を聞いた友は、かあっと頬が熱くなった。同時に夫に裏切られたという失意に打ちのめされた。

雨の音で我に返った友は、夫に似た男が消えた町の角に目をやったが、もうその姿はなかった。

(まさか)

と思いもずるが、妹のお才に言われたことが気になっている。

江戸にやってきたとき、お才は宗一郎さんに事実をたしかめたのかと聞いた。友は首を振って、

「たしかめるまでもないことだから出てきたのよ」

そう答えた。

「まったく姉さんははやまったことを。ただの噂だったらどうするの？　尾鰭《おひれ》をつけて面白おかしく噂を立てる人だっているのよ。もし、そうだったら、とんだ思い違いをしていることになりはしない？」

友が黙り込むと、お才が言葉を足した。

「とにかく一度、宗一郎さんに会って、ちゃんと話をするべきよ」

「話をして、ほんとうだったらどうするの？　わたしは裏切られ捨てられた妻になるだけなのよ」

「勝手に決めつけないほうがいいわよ。わたしは宗一郎さんはそんな人じゃないと思う。姉さんだってそう思ってるのではなくて……」

腹のなかの子が動いたので、また友は現実に立ち返った。

（妹の言うとおりかもしれない）

胸の内でつぶやきながら、大きくなっている腹をゆっくり撫でた。

四

「ここで……。それで与右衛門はどこからやってきました？」

伝次郎は加賀町の蔵地を眺めてから、須永に視線を向けた。

「拙者はその橋をわたってきたのですが……」

それは油堀に架かる千鳥橋だった。

「おそらく、そっちの橋をわたってきたのではないかと思いまする。星あかりはありましたが、人気《ひとけ》に気づきませんでしたので……」

須永が油堀からの入堀に架かる緑橋を見ながら答える。伝次郎はそちらを見る。

橋の向こうは深川一色町だ。

与右衛門は須永を尾《つ》けて来たのか、それとも偶然に遭遇したのか……。

「昨日の昼間会ったのは、ここではないのですね」

「ここではありません」

須永はそう言って先に歩き出した。伝次郎たちはそのあとを追うようにぞろぞろとついていく。

雨は斜線を引きながら降りつづいている。

風も出てきて、ときどき傘が飛ばされそうになった。

須永が連れて行ったのは、仙台堀の北側の河岸道だった。

「拙者はこのあたりで、前からやってくる女を見て立ち止まったのです」

須永は来た道を振り返った。

そこは伊勢崎町の西外れで、すぐ先に小橋がある。

「すると与右衛門は女を連れて、大川のほうからやってきたのですね」

「さようです」

「どんな女でした?」

「遠目に、もしや拙者の妻ではないかと思ったのですが、近づいてくるとまるで別人だということがわかり、がっかりしたのです」

「それで、与右衛門に因縁をつけられた……」

「さようです。何を見ていた、意趣でもあるのかと言われ、気に食わぬやつだと吐き捨てられました。ただそれだけのことだったのですが、まさかその夜にあんなことになるとは思いもいたさぬことで……」

「女の顔を覚えていますか？」

須永は短く考えてから答えた。

「よくは覚えていません。ただ、昨日の今日ですから会えばわかると思うのですが……」

「武家の女のようでしたか？　それとも町の女のようでしたか？」

「町の女のように見えました。少し崩れた感じがしました。年は、おそらく三十路《みそじ》には届かないぐらいだったでしょうか」

「すると、その女と奥方の体つきが似ていたということですか？」

「遠目に似ていると思ったのです」

ふむと、うなずいた伝次郎は、降りしきる雨の風景を眺めた。

与右衛門はこの近くにいる。そうでなければならない。いったいどこにいるのだ。そして、おそらく須永が見た女といっしょにいるはずだ。

いったいどこの何という女なのだ。疑問はいろいろ湧くが、ただそれまでのことではっきりしない。

「旦那、この辺をあたりますか？」

条吉が聞いてきた。

「うむ。そうだな」

伝次郎は条吉から視線を外すと、また短く考えてから、

「気になるのはいっしょにいた女のことだが、素性がわからぬ。ひとまず、聞き込みに戻ろう。須永殿、手間を取らせました」

「いえ」

「千草、おれたちは聞き込みに行くが、須永殿の奥方捜しを頼む」

「はい」

伝次郎は答える千草を見てから、くるりときびすを返した。条吉と与茂七があとについてくる。

雨風は弱くなったり強くなったりを繰り返した。そのせいで表を歩いている人の数が少ない。

伝次郎たちは須永の証言をもとに、西平野町《にしひらのちょう》・万年町《まんねんちょう》・東平野町・大和町・亀久町・冬木町と聞き込みをしていったが、与右衛門を知っている、あるいは見たと

いう者には出会わなかった。

あっという間に刻は過ぎ、七つ近くになっていた。

「旦那、さっぱりです」

粂吉がいささかくたびれ顔で言った。

それは、深川蛤町まで来たときだった。

「他の町かもしれぬな。よし、とりあえずこっちの調べはあとにして、料理屋をあたろう」

伝次郎はそう言うと、そのまま足を進め、馬場通りに向かった。須永の証言から、与右衛門は深川を去ったと考えるのは、早計《そうけい》な気がする。

しかし、与右衛門を見ている者がいない。伝次郎の懸念はそこにあった。だからといって聞き込みをやめるわけにはいかない。

黒江町から馬場通りに出たとき、雨が小降りになった。

「旦那、あっしは番屋をあたってきましょう」

粂吉が機転を利かせて言った。自身番に人相書を配っているから、そろそろ新たな証言が得られると思ってのことだろう。

「よし、頼む。一刻《いっとき》（二時間）後に一ノ鳥居そばで落ち合おう」

「へい」

そのまま粂吉と別れた伝次郎は与茂七を連れて、深川にある料理茶屋を一軒ずつ訪ねまわった。

しかし、仲居や女中に与右衛門の人相書を見せるが、期待するような答えは返ってこない。見たような気がするという女中もいたが、それは不確かだった。

「この店にも来ていねえようですね」

与茂七が重い足を引きずるようにして、訪ねたばかりの料理茶屋を振り返る。

どこの店も夜の開店を前に忙しそうにしていたが、仲居や女中は問いかけに快く応じてくれ、またもし与右衛門が店に来るようなことがあれば、近くの自身番に知らせるとも言ってくれた。

（おれの勘が外れているのか）

伝次郎はつぎの店に向かいながら胸中でつぶやく。須永の証言から、与右衛門が女といっしょだというのは確かだろうが、はて、どこの女なのだ。

与右衛門の兄・三郎右衛門も、弟の女関係は知らなかった。もっとも、兄弟は仲がよくなく、互いのことに関心がないせいかもしれない。

「旦那、やっとやみましたね」

与茂七の声で、伝次郎は雨がやんだことに気づいた。

空を見ると、流れる雲の隙間に青空がのぞいている。

「与茂七、聞き込みをつづける」

伝次郎は二ノ鳥居近くにある料理茶屋へ足を進めた。だが、そこでも結果は同じだった。さらに二軒、三軒と訪ねたが、与右衛門が来たという店の者はいなかった。

（与右衛門は料理茶屋で遊んではいないのか……）

伝次郎は自分の勘ばたらきが外れていることにため息をつく。

「旦那、粂吉さんのほうはどうなんでしょう」

与茂七に言われるまでもなく、そのことが気になっていた。

粂吉に会ったのは、それから小半刻後のことだった。

「永代寺門前山本町の番屋に詰めている店番が、似た男を見ていました」

その言葉に、伝次郎はキラッと目を光らせた。

「その店番はまだいるか？」

「いるはずです」

「会おう」

伝次郎はそのまま山本町の自身番を訪ねると、粂吉に証言した若い店番から話を聞いた。

「当人かどうかわかりませんが、似ている気がするんです。相手がお侍ですから、まじまじと見たわけではありませんが、なんとなく見かけたような……」

店番は急に自信をなくしたように声をすぼめた。

「ひとりで歩いていたのか？　それとも誰か連れがあったとか……」

伝次郎は店番を凝視する。

「ひとりで歩いているときにも見た気がしますが、同じお侍なら女連れのときもありました」

「女、どこの女かわかるか？」

店番は一度首をひねってから、

「あれはドヤの女みたいな気がしました」

伝次郎は目をみはった。

岡場所の女だったか！　深川には岡場所が多い。そして、永代寺門前山本町の近くには、櫓下《やぐらした》と呼ばれる岡場所がある。

一ノ鳥居近くの門前仲町《もんぜんなかちょう》に火の見櫓があり、そのあたりに集中している岡場所だ。表櫓、あるいは裏櫓などと呼ばれる私娼窟《ししょうくつ》だ。

自身番を出た伝次郎は、俗に「ドヤ」と呼ばれる検番《けんばん》を訪ねた。ドヤの主はいずれも女で、女郎上がりがほとんどだ。そして町方には決していい顔をしない。取締りだと思うから警戒するのだ。

案の定、伝次郎の訪問を歓迎しない顔で、聞くことに答えてくれはしたが、与右衛門を知っている主はいなかった。しかし、四軒めのドヤの女主が、

「旦那、ドヤを通していないんじゃありませんか。呼び出しならドヤを通すけど、自前でやっている子供がいますからね」

子供というのは女郎の隠語だ。

「すると、出居衆《でいしゅ》か……」

どこにも抱えられていない女郎がいる。その女郎は自宅を揚屋として春をひさいで稼ぐ。

「知っている出居衆を教えてくれぬか？」

伝次郎は小粒を二つ女主にわたした。

「みんなこっそりやってるから、よくは知りませんよ。でもね、裏の通りで客を引くのはだいたいそうですから……」

女主はそう言って、ニカッと欠けた前歯を見せて笑った。裏の通りというのは、永代寺門前仲町を東西に走っている西念寺横町《さいねんじよこちょう》のことだ。

五

与右衛門は暗い家のなかであぐらを掻いてじっとしていた。階下にはお琴の死体がそのままだ。

雨がやんで一度表に出た。目途《もくと》は酒を仕入れるためだった。

それは、馬場通りにある大きな酒問屋へ足を運んでの帰りのことだった。片手に一升徳利を提げ、雨でぬかるんだ道を歩いていたのだが、永代寺門前山本町の自身

番前に来たとき、

「与右衛門という男だ」

という声を、耳が拾った。

与右衛門ははたと足を止め、自身番のなかに聞き耳を立てた。しばらくやり取りを聞いていると、あきらかに自分のことを話しているとわかった。

与右衛門はギョッとなった。心の臓がにわかにふるえもした。自身番のなかで町役と言葉を交わしているのは町方の手先のようだったが、

「それじゃ、人相書をもう一枚置いておくんで頼みます」

そんな声がして、その男が表に出てくる気配があった。与右衛門は少し先まで歩いて、背後を振り返った。

自身番から出てきた男は、馬場通りのほうへ歩き去ったが、膝切りの着物に股引、梵天《ぼんてん》帯を締めていた。岡っ引きか小者《こもの》のなりだった。

(おれの人相書が……)

唇を嚙んで戻ってきたが、それから妙に落ち着かなくなった。

どこかへ逃げようかと思いもしたが、どこへ行けばいいのだと迷いつづけ、考え

ていた。

自分が手配りされるのは、とうに覚悟していたが、こんな近くまで町方の手が伸びているというのを知り、少なからず動揺していた。

窓から入り込む風が一瞬強くなり、壁に掛けてあるお琴の着物を揺らした。そのことで与右衛門は我に返った顔で、手許のぐい呑みに酒をつぎ足した。

「どうしてくれよう」

小さくつぶやいて、窓の向こうを眺める。もう日が暮れそうになっている。雲間を抜けた日の光が、条《すじ》となって町屋に射していた。暮れかけた空を、数羽の鴉《からす》がいびつな鳴き声を落としながらどこかへ飛んでいった。

与右衛門はもう一度酒をあおった。口の端に垂れる酒のしずくを手の甲で拭い、行灯を見、やおら立ちあがって火を入れた。ぽっと部屋のなかがあかるくなる。

また元の場所に戻り、ぐい呑みをつかむ。ふっと、口の端に不気味な笑みを浮かべ、金壺眼を光らせて宙の一点を凝視した。

「五人も殺《あや》めた。それがどうした。ひとり殺すのも十人殺すのも同じことではないか。もはや浮かばれぬこの身。どうせ、長くは生きられぬだろうし、生きるつもりもない」

与右衛門は呪文のように独り言をつぶやき、酒に口をつける。

酔いはなぜかまわらない。

「どこへ逃げても同じか……」

行灯のあかりでできた自分の影を見て問うた。

「同じだな。逃げても詮無いことであろう。ならば……どうする」

ぐい呑みを置いて、脇に置いていた刀をつかんだ。

さっと鞘から抜いて、刀身を目の前にかざした。行灯のあかりを弾く刃に、自分の顔がゆがんで映り込んでいた。

「この刀は……」

さっと左手を前に突きだし、刃をそっと皮膚にあてた。ゾクリとする冷たさ。斬れ味鋭い村正。

「すべてを解き放つ無念無想の刀だ」

与右衛門は刀に力を入れた。皮膚が薄く切れた。赤い血がじわりと浮かぶ。

ふふっと、自嘲《じちよう》の笑みとも苦笑とも取れる笑いを漏らし、舌先で血を嘗《な》め、まばたきもせぬ据わった目でさっと刀を振って、鞘に納めた。

それから遠くに視線を飛ばした。町屋に射していた光の条が消えていた。

(この世に未練など残さぬ。ならば……ならば……おのれがやらなければならぬのは、何でござろうか)

与右衛門は胸中で自分に問うた。

六

「明日は早くから聞き調べをする。あまり飲み過ぎるな」

伝次郎は粂吉と与茂七に釘を刺した。

千草の店にやってきたばかりだった。

「おれは心得ていますよ。ね、粂さん」

与茂七は盃を持って粂吉を見る。

「ま、おまえは油断すると、いつの間にか酩酊《めいてい》するからな」

粂吉がからかうような笑みを浮かべて言う。与茂七は「何だよ」と、口を尖らせながらも酒に口をつけた。

「それで今日はどうだったのです？　顔を見ればだいたいわかりますけれど……」

千草が蕪の酢漬けを盛った小皿を三人に配りながら言った。

「おそらく深川にいるとにらんでいるが、潜伏先まではわからなかった。だが、目星はおおむねついていると言ってよいだろう」

伝次郎は蕪の酢漬けをつまんでから、須永の妻のことを訊ね返した。

「今日も途中までお手伝いしたのですけれど……」

千草は首を振って松坂屋の親戚の菓子屋はなかったと、ため息混じりに言い、

「そのあと、須永様はどうされたかわかりませんけれど……」

と、言葉を足し、戸口のほうに目を向けた。

「見つかったなら知らせに見えるだろう」

「そうですね。そうあってほしいです」

千草はそう言ってから板場に戻った。

伝次郎はゆっくり酒に口をつけ、宙の一点を凝視した。おそらく与右衛門は岡場

所に出入りしているはずだ。そんな気がしてならなかった。

須永が見た与右衛門の連れの女は、岡場所の女かもしれない。出居衆の女郎なら、そう多くはない。今日は知っている女に会うことはできなかったが、明日になれば必ず突き止められるだろうし、突き止めてやると心中で気を吐く。

「それにしても、ほんとうに岡場所の女を連れ歩いてたんですかね。与右衛門は部屋住みだったけど、旗本の家の生まれで、旗本の婿になったんですよ。柳橋でも遊んでいるし、安女郎を相手にしますかね」

与茂七が手酌しながら懐疑的なことを言う。

「旗本だから安女郎を相手にしないとはかぎらねえさ。それに岡場所には、吉原で年季を終えた女郎も流れてくる。なかには花魁《おいらん》だった女もいる」

「花魁が……」

与茂七は驚き顔をして粂吉を見た。

「花魁だからってずっとお大尽《だいじん》相手をするわけじゃねえ。身請《みう》けされる花魁なんて、そうそういねえし、声がかからなくなって格落ちしてしまう女郎もめずらしくねえんだ」

「へえ、そうなんですか。粂さん、そんな女を知ってんで……」

「知っちゃいねえけど、そういう話だ」

粂吉は顔の前で手を振ってから、伝次郎に同意を求めるように見てきた。

「旦那、そうなんですか？」

与茂七も伝次郎に顔を向けて聞く。

「まあ、そういう女郎もいると聞いてはいるが、いまだ会ったことはない」

「へえ、花魁が岡場所の女郎にね」

「与茂七、そんなことはどうでもよい。とにかく与右衛門を捜す手掛かりになる女がいるのはたしかだ。須永殿は女を連れていた与右衛門を見ているのだ」

「女郎じゃなかったら、またあて外れってことになりますよ」

与茂七は伝次郎が危惧していることを、平気な顔で言う。

「あてが外れようが外れまいが、調べられることを粘り強くやるだけだ。それ以外に探索の道はない」

「へえ」

与茂七は殊勝《しゅしょう》にうなずいて酒に口をつける。

「与茂七、飲みっぷりがいいのを咎《とが》めはしねえが、旦那がおっしゃるようにほどほどにしておくんだぜ」

粂吉が苦言を呈する。

「わかっていますって……」

「もうご飯出してもいいのですか？」

千草が板場から声をかけてきた。

「頼む」

伝次郎が答えると、与茂七がもう酒はなしですかと残念そうな顔をする。

「この一件が無事に片づいたら、いやというほど飲ましてやる。それまでの辛抱《しんぼう》だ」

「へえ、わかりやした」

千草が炊きたての飯と味噌汁、香《こう》の物、キビナゴの煮付けを運んできた。三人は黙々と箸を動かしたが、

「今夜は暇そうではないか？」

と、伝次郎は茶を運んできた千草に聞いた。

「いえ、もう二組ばかり入っています。みなさんが見える前に帰られたんです」

「そういうことだったか。このキビナゴの煮付けは久しぶりだが、やはりうまいな」

伝次郎が言えば、与茂七が「うん、うまい」と、言葉を添え足す。

千草はひょいと首をすくめて、

「与茂七。遠慮いらないから、ご飯のお替わりしていいのよ」

「へえ、これ食ってからにしますよ」

与茂七は減らず口をたたいて飯を頬張るが、結局、お替わりはしなかった。

三人が飯後の茶を飲んでいたときに、新たな客が二人入ってきた。

「では、おれたちは引きあげよう」

伝次郎は商売の邪魔になると思い、千草を気遣って店を出た。その際、

「須永殿の奥方が見つかっていればよいな」

と、千草に声をかけた。

「そうであることを願っています。いつものように遅くはなりませんから」

「うむ」

七

伝次郎たち三人を送り出した千草は、商売に戻ったが、やってきた二人は静かに酒を飲んで、出された料理をやけに褒めた。

一見の客だったので、すぐに帰ってくれると思っていたが、意に反し、二人は千草にはあまりよくわからない互いの商売のことを熱心に話し込み、もう二合、あと二合などと言って尻が重く、結局、店を閉める五つ（午後八時）過ぎまで居座った。

暖簾を下げ、片付けを終えたときには、五つ半（午後九時）は過ぎていただろう。

ときどき開け放している店の戸口を見たが、須永がやってくる気配はなかった。

ひょっとすると、ご新造に会えたのかもしれない。それで見えないのかもしれない。それならそれに越したことはないと、千草はいいほうに考えた。

やっと前垂れを外し、店を出ようとしたときだった。

ぬっと、戸口にあらわれた男がいた。突然だったので、千草はギョッとなって驚き、思わず両手で胸を押さえたが、

「何だ、そう驚くこたアねえだろう」

と、顔をにたつかせて店に入ってきたのは、本湊町の岡っ引き・秋造だった。

「あの、もう店を閉めるところなんですけど」

「飲みに来たんじゃねえよ」

秋造は鼬《いたち》顔にばつが悪そうな笑みを浮かべて言葉を足した。

「松坂屋のことなんだがよ、じつはおれが聞き間違えていてな。それを教えようと思って来たんだ」

「どういうことです」

「おれが世話になっている町方の旦那と、ちょいと見廻りをしていたときだ。松坂屋の元番頭とばったり会ったんだ。それで、松坂屋一家がどこに行ったか知らねえかと聞いたんだが、やっぱり知らねえと言う。それで、深川で菓子屋をやっている親戚がいるはずだが知らねえかと聞くと……」

「ご存じだったんですね」

千草は目を見開いて鼬顔を見つめた。

「いや、ご存じじゃなかった。菓子屋の親戚なんかあったかなと首をかしげやがるんだ。だけど、もしやという顔をして」

「わかったんですか？」

千草は秋造に一歩詰め寄った。

「そうせっつくな。おれは粕《かす》屋を菓子屋と聞き間違えていたんだよ」

「は……」

「菓子屋じゃなくてな、粕屋って酒問屋があるんだ。その粕屋が松坂屋の親戚だったんだよ。何でも馬場通りにある大きめの店らしい」

「酒問屋の粕屋だったんですね」

「そういうこと。それにしても、松坂屋の宇兵衛どんは運の強い男だ。何でも粕屋の旦那が借金の肩代わりをしてくれたそうなんだ。もっともその分、宇兵衛どんは粕屋に奉公しなきゃならねえが、運のいいやつってのはいるもんだね。粕屋の旦那が人が好すぎるのかもしれねえがね」

「そういうことだったのですか……」

千草は目をしばたたいて秋造を見る。

「どうも粕屋と菓子屋のことが気になっていてな。それで教えておこうと思って来たってわけだ」

「わざわざありがとうございます。親分、でも助かりました。これで須永様はご新造に会えるかもしれません」

「そうなりゃいいな」

秋造はそう応じたあとで、店のなかに視線をめぐらしてから、

「いい店じゃねえか。今度寄らしてもらうよ」

と、千草に顔を戻した。

「ええ、是非にも。わざわざありがとうございました」

「いやいや、礼を言われるほどのことじゃねえさ。ま、そういうことだからよ。それじゃな」

秋造はそのまま帰っていった。

千草は急いで店を出たが、もう時刻が遅い。すぐにでも須永に教えてやりたいと思うが、こんな夜更けに旅籠を訪ねれば、誤解されるかもしれない。

「どうしよう」

躊躇《ためら》って星の出ている空を見てから、今夜伝えても、須永様がご新造に会いに行

けるのは明日である。ならば明日の朝でも遅くはないと思い直した。それに粕屋に須永の妻・友が、たしかにいるとはっきりしたわけではない。

「明日でもいいか……」

千草は独り言をつぶやいてから家路についた。

第七章　光る刃

一

　翌朝は、どんよりした雲が江戸の空を覆っていた。

　それでも雨が降る気配はない。広がっているのは雨雲ではないからだ。

　縁側に立って空を眺めていた伝次郎は、そのまま居間に行っていつもの場所に腰を据えた。与茂七がすでに席について朝餉を待っていた。天気がよくないですねと言う。

「雨は降らぬだろう。そんな雲行きだ」

「どうしてわかるんです」

「船頭仕事をしているときに覚えたのだ。何となくわかる」

「へえー、そういうもんですか……」

与茂七が感心顔をしたとき、千草が味噌汁を運んできた。膳部《ぜんぶ》には香の物と納豆が載っている。今朝のおかずはそれだけだ。

「さっきも話しましたが、須永様に粕屋のことを伝えなければなりません」

千草が飯をよそいながら言う。

「早いほうがいいだろう。しかし、その岡っ引きも粕屋を菓子屋と聞き違えるとはな」

伝次郎は飯碗を受け取って箸をつけた。

「おかげでおかみさんと須永様は、とんだ骨折りになっちまった」

与茂七があきれ顔で言う。

「でも、わかっただけでもよかったわ。さ、早く食べて」

伝次郎は朝餉を終えると、すぐ支度にかかった。

今日こそは与右衛門を見つけなければならぬ。与右衛門の居場所はある程度絞り込めているはずだ。伝次郎はそう確信していたし、長年培《つちか》ってきた同心の勘がはたらきはじめていた。

きゅっと帯を締め、羽織を羽織ったとき、粂吉がやってきた。伝次郎は玄関に行くと、

「今日は舟で行く」

と、粂吉と与茂七に告げ、

「須永殿に早く知らせてやれ」

と、千草に言った。

「はい、行ってらっしゃいませ。お気をつけて」

千草に送り出された伝次郎は、亀島橋の袂に繋いでいる猪牙舟に乗り込み、棹《さお》をつかんだ。与茂七が手際よく舫《もや》いをほどいて、粂吉といっしょに舟のなかに収まる。

水面は暗い空を映していた。そのせいか水が少し重く感じる。もちろん気のせいだ。

燕が川の上を飛んで行けば、町屋のほうから鶯のさえずりが聞こえてくる。

五つ前であるが、すでにどこの商家も戸を開け、暖簾を掛けていた。奉公人たちが仕事の支度をし、店の前の掃除をしている。振り売りの行商人や、道具箱を担い

だ職人が河岸道を歩いていた。

伝次郎は亀島川から日本橋川を経由して大川に出ると、永代橋をくぐり、下之橋から油堀に入る予定だ。ゆっくり棹を使い、猪牙舟を進める。


千草は後片付けをすると、化粧もそこそこにして着替えを終え、須永が泊まっている旅籠・小野屋を訪ねた。

「え、もうお出かけに?」

旅籠の番頭が、須永は朝餉も取らずに出かけたと言う。

「どちらに行かれたかわかりますか?」

「さあ、それはわたくしにはわかりかねます」

番頭は申しわけなさそうな顔をする。

千草は考えながら視線を彷徨《さまよ》わせてから番頭に顔を戻した。

「それじゃお戻りになったら、深川の粕屋という酒問屋に来ていただけるように言《こと》付《づ》けていただけませんか」

「深川の粕屋ですね」

「馬場通りにある酒問屋です」

「へえへえ、かしこまりました」

「では、お願いいたします」

小腰を折って小野屋を出た千草は、一度暗い空をあおぎ見てから、深川に足を向けた。

二

与右衛門は枕許の大小をつかむと、そのまま梯子段を下りて一階の居間に下りた。お琴の死体が転がったままだ。障子を締め切っているので、家のなかは薄暗い。

与右衛門は三和土《たたき》のそばに腰を下ろして、じっとお琴の死体を眺めた。畳は血を吸ってどす黒くなっている。着物から出た手足がやけに白い。もう血が通っていないからだ。

死体の向こうに布団を隠す枕屏風が立っている。それにも血痕が走っていた。障子にもお琴の血の痕。どこから入り込んだのか、数匹の蝿が死体のそばを飛び交っていた。

ここで客を取り、春をひさいで生きてきた女の末路だ。そう思った与右衛門は、ふんと鼻を鳴らした。

梯子段の下にある酒徳利を引き寄せ、振ってみた。まだいくらか酒が残っている。そのまま口をつけて飲みほすと、

「腹が減った」

と、つぶやいた。

「腹が減っては戦はできぬ」

つぶやき足して、さてどうするかと考える。ことを終えてから飯を食うか、それとも、やる前に飯を食うか……。

そんな思案を首を振って払いのけ、宙の一点を凝視しながら、無精ひげの生えた頰を片手でなぞった。

肚は決まっている。問題はその先のことだ。ことを終えたら、江戸を去るか。それとも江戸に留まるか。金はあると、懐にたくし込んでいる財布に触る。それだけでは金をしまうことができないので、胴巻きにも入れていた。

昨夜はあまり寝つけなくて、ちびちびと酒を飲みつづけていた。いろんな考えがぐるぐると頭を駆けめぐり、いやな思い出が脳裏に浮かびあがりもした。

「くそッ」

与右衛門は短く吐き捨てると、金壺眼を光らせ、片膝を立てた。そのままだらりと両手を下げ、お琴の死体をにらむように見る。

目の前を蠅が飛んでいる。さっと腕を動かし、同時に片足を前に送り込んだ。瞬間、刀が一閃し、すぐさま鞘に納まっていた。

おれの腕は鈍っていないと、勝手に満足してほくそ笑む。

どしんと、尻をつき、足を投げ出し、刀を抜いて眺めた。

「これが、おれを縛りつづけていた呪うべき宿業から、一切を解き放つ無念無想の刀だ」

鈍い光を放つ千子村正を食い入るように眺め、不気味な笑みを片頰に浮かべた。

「よし、飯を食ってからにしよう」

自分に言い聞かせるように声に出して言うと、そのまま立ちあがって三和土に下り雪駄を履いた。一度、お琴の死体を振り返ると、腰高《こしだか》障子を引き開け、後ろ手で閉めたが、戸は十分に閉まらなかった。閉め直すのが面倒なので、そのまま長屋の路地を伝い表通りに出た。

三

「さようか。ならばしかたあるまい」

栗原重蔵は残念そうな顔をして、須永宗一郎の疲れた顔を眺めた。

二人は生実藩上屋敷の表門そばにいるのだった。

「おぬしには世話になった」

「いや。おれは何もしておらぬ。力になりたいと思いつつも、何もできずにかえって申しわけない」

「そんなことはないさ。おぬしが無理をしたのはわかっておる。それに、徒頭にも礼を言わなければならぬが、お出かけとあらばしかたない。いずれご帰国なさったときにでも挨拶に伺うことにする」

「うむ。おぬしが来たことを伝えておこう」

「頼む」

須永はそのまま腰を折って行こうとしたが、重蔵が呼び止めた。

「なんだ？」

「おぬし、ほんとうに百姓になるのか？」

須永は力なく微笑んで答えた。

「他になにができる？　役儀召放になった身だ。仕官は二度とできぬ。仮にできたとしても、また浮かばれぬ御役に就くだけではないか。斯様なことをおぬしには言いたくないが、もうおれはごめんだ」

「…………」

「達者でな」

「宗一郎、捜すのをあきらめると言うが、ほんとうにそれでよいのか」

「今日見つからなかったら、そのまま帰る。ひょっとすると、友も帰っているやもしれぬ。いつまでも他人の世話にはなっておれぬことぐらい、友にもわかっているはずだ」

「見つかればよいな」

「うむ。国に帰ってきたら、また酒でも飲もう」

「……息災《そくさい》でな」

須永は短く重蔵を見つめて、背を向けた。歩きながら何度もため息を漏らし、薄暗い空をあおぎ見た。妻を捜しきれない胸《むな》の内に、虚しさだけが広がっていた。

この空と同じだと、須永は自嘲の笑みを浮かべて歩きつづけた。

四

永代寺門前山本町の自身番に入った伝次郎は、新たな証言を聞いていた。

「多分、この人相書と同じ侍です。馬場通りでも見たし、亥ノ口《いのくち》橋のそばでも擦れ違ったことがあります。目つきが悪いし、いまにも斬りかかってくるんじゃねえかって、そんなふうに見えたんで声などかけませんでしたが……」

そう言うのは、日がな一日町屋を売り歩いている醤油売りだった。

「それはいつのことだ？」

伝次郎は目を輝かせて中年の醤油売りを見る。

「馬場通りで見たのは四、五日前でしたか……」

「亥ノ口橋のほうは？」

「それは一昨日でしたかね。女といっしょでしたよ」

おそらくその女は、須永が見た女と同じだろう。

「この男がどこに住んでいるか、あるいはその女がどこに住んでいるのかはわからないのだな」

「そこまではわかりませんで……」

醤油売りは首にかけている手拭いで口を拭った。

「もし、また出会ったなら、この番屋に知らせてくれるか」

「へえ、承知しやした」

醤油売りはぺこぺこ頭を下げると、自身番の表に置いていた醤油樽をかけた天秤棒を担いでそのまま歩き去った。

「ひょっとすると、この町に与右衛門はいるのかもしれぬ」

伝次郎がつぶやくように言うと、

「片端から長屋をあたっていきましょう」

と、粂吉がやる気を見せる。

「うむ」

伝次郎が力強くうなずいたときだった。パタパタと駆けてくる草履の音が近づいてきたかと思うと、職人ふうの男が腰高障子につかまるようにして姿をあらわした。息を切らし、目を大きく見開き「親方、た、大変です」と、声をふるわせて書役《かきやく》を見た。

「なんだい、たいそうな慌てぶりじゃないか」

書役は落ち着いた顔で言う。

「慌てずにいられませんよ。こ、殺しなんです。ひ、人が、死んでんです」

「何だと……」

伝次郎は駆けてきた男を見た。

「おれは南御番所の沢村だ」

「へっ、そ、それじゃ町方の旦那で……大変なんです、うちの長屋で殺しなんです」

「おい落ち着け。殺されたのは誰だ？」

「お、女です。お琴さんという、あやしい女で……それが、いやあ、驚いたのなんの」

男は相当な慌てぶりで、狼狽《ろうばい》している。

「殺しと言ったが、なぜそうだとわかる？」

「き、斬られてんです。このあたりをバッサリ、そりゃもう……」

「案内しろ」

話を聞くよりたしかめるのが先だと判断した伝次郎は、男をうながして表に出た。

粂吉と与茂七がついてくる。

そこは永代寺門前山本町の北で、油堀沿いの道を入った長屋だった。

二階建ての割《わり》長屋で、腰高障子は開け放してあり、そのそばに近所の住人が集まって立ち話をしていた。

颯爽《さっそう》と歩く伝次郎の前で案内に立つ男が、

「御番所の旦那だ。道をあけておくんなせえ」

と言うと、野次馬たちがその家の戸口から離れた。

伝次郎は敷居をまたいですぐに目をみはった。枕屏風のそばに女が横たわっている。障子に血痕が走っており、畳は血を吸って黒くなっていた。

伝次郎はそのまま上がり込んで、女の様子を見た。すでに事切れている。額が割れ、顔は血だらけだ。

「この女はお琴というのだな」

伝次郎は戸口を振り返って聞いた。そうですすと、案内の男がうなずく。そして、他の住人が言葉を添えた。

「ここんとこ、お侍の出入りがあったんです。きっとあの侍ですよ」

年増のおかみが言えば、別の男が、

「お琴さんはときどき男を連れ込んでいたんです。長屋の者たちと、ありゃあきっと売女だと噂してたんですがね、愛想はよかったですよ」

そんなことを言う。

「もしや、出入りしていた侍というのはこの男ではないか？」

与茂七が与右衛門の人相書を見せると、みんな驚きの声を漏らした。

「そ、そうです。この人です。何ですか、この人は……」

「あ、人殺しじゃねえか」

「ああ、くわばらくわばら」

と、長屋の者が口々に言う。

「この死体を見つけたのはいつだ？」

伝次郎は野次馬を眺めながら問うた。

「ついさっきですよ」

案内をしてくれた男が言った。

「おまえたちの言う侍を、今朝見た者はおらぬか？」

「見ました。まだ、半刻はたってないはずですが、そのお侍が長屋を出て行くとき擦れ違ったんです。なんだか狐にでも取り憑《つ》かれたような妙な顔つきで、気色悪かったですよ」

太ったおかみだった。

「どっちへ行った？」

「さあ、でも亥ノ口橋の手前を左に曲がったんで、馬場通りのほうだと思います」

伝次郎はさっと粂吉を見た。

「番屋に行って、この死体をどうするか相談してこい。おれと与茂七は与右衛門を追う」

伝次郎はそう言うなり腰をあげて、与茂七についてこいと言って長屋を出た。

五

千草は小野屋を出たあと、永代橋まで行ったが、途中でふと立ち止まった。須永がすぐ帰ってきそうな気がしたからだ。しばらく橋の欄干に片手をついて、曇った空を映す大川の流れをぼんやり眺めながら思案をめぐらした。

自分が手伝うことを須永は知っている。千草はご新造捜しを手伝うと、昨日も告げていた。おそらく自分が小野屋を訪ねる前に、用を足しに出ただけかもしれない。もし、そうなら小野屋で待っているべきではないか。いま頃、旅籠に戻ってわたしを待っているかもしれない。

千草は迷い葛藤《かっとう》した末に、やはり粕屋に行って須永のご新造がいるかどうかを調べるのが先だと足を進めた。旅籠には、深川馬場通りの粕屋という酒問屋に来るように言付けしたのだ。

千草がそう思いを決めて粕屋を訪ねたのは、ついさっきのことだった。

粕屋は馬場通りのなかほど、永代寺門前仲町にあった。摩利支天《まりしてん》横町に入るそばである。何度もその店の前を通っていたが、あらためて見ると、立派な酒問屋だった。

表間口は六間《けん》（約一一メートル）ほどあろうか。どっしりした屋根看板と掛看板には重厚さが感じられた。「粕屋」と染め抜かれた紺の長暖簾にも、大店《おおだな》の風格と品があった。

帳場の前で最初に会ったのが、松坂屋の元主だった宇兵衛だった。須永の妻・友の妹の亭主だ。

早速、友のことを訊ねると、たしかに店にいると答えた。千草は自分のことと須永のことを話し、会わせてくれと言ったが、宇兵衛はのっぺりした白い顔を片手でなぞったあとで、

「ついさっき、わたしの女房と出かけたばかりです。帰りは昼頃になると思いますが」

と言う。

どこへ行ったんだと聞くと、友の安産祈願だと言う。行き先を聞いたが、宇兵衛

は首をかしげて、どこへ行ったかわからない、待っていらしたらじきに帰ってきますよと、のんびりしたことを言った。

千草はそのまま店の仕事の邪魔にならないように、表で待っているのだった。

(須永さん、早く来て)

胸の内で祈るようにつぶやき、天水桶《てんすいおけ》の脇にある床几に腰を下ろして待ちつづけた。

その間にも粕屋の奉公人や客が忙しく出入りをし、用を言いつけられたらしい小僧が駆け出していく。帳面を小脇に抱えた手代が、店を出たり入ったりもし、酒樽を積んだ大八車がやってくれば、小僧たちが店に運び込んだ。

千草は落ち着きなく通りを行く人を眺め、須永がやってくるのではないかと思い、ときどき一ノ鳥居のほうに目を向けた。

二台の大八車が店の前に到着し、手代を呼びに行った車力が店に入ったのを見送り、顔を通りに向け直したときだった。

ひとりの侍がすぐそばの横町から通りにあらわれたのだ。爪楊枝をくわえ、片手を懐に入れ悠然《ゆうぜん》と歩き去った。気になったのは、その顔だった。

（どこかで……）

見た顔だと思ったのだ。もう一度見ようとしたが、すでに侍は通り過ぎており、そのまま一ノ鳥居のほうへ向かっていた。

（誰だったかしら）

千草はまばたきもせず侍の後ろ姿を見つめた。

どこか焦点の合っていないような金壺眼。痩せても太ってもいない中肉。誰だったかしらと、千草はもう一度胸の内でつぶやいたとたん、はっと顔をこわばらせて立ちあがった。

須永が怪我をしたときに見せてもらった人相書だ。須永を襲った男。つまり、伝次郎が目の色を変えて追っている与右衛門だと気づいた。

千草は心の臓が騒いだ。須永は一ノ鳥居のほうからやってくるはずだ。もし、須永が与右衛門と鉢合わせをしたらどうなる。

考えるだけで恐ろしくなった。どうしようか短く逡巡《しゅんじゅん》したあとで、千草は与右衛門のあとを追うように足を急がせた。ところが、一ノ鳥居手前の横町から飛び出してきた小さな影とぶつかった。

「あッ」

千草が小さな悲鳴を漏らして、地面に片手をつくと、相手も尻餅をついて慌てた声を漏らした。どこかの商家の小僧だった。抱え持っていた風呂敷包みがほどけ、墨や硯《すずり》、筆などが散らばっていた。

「ごめんなさい」

千草は小僧といっしょになって拾い集めたが、そのとき与右衛門の姿は見えなくなっていた。

もう一度小僧に謝り、早足で与右衛門のあとを追った。永代橋のそばまで行ったが、与右衛門を見つけることはできなかった。


「旦那、こっちには見た者はいませんでした」

永代寺門前町の東から駆けてきた与茂七が、伝次郎に報告した。

「こっちにも見た者はいない。ひょっとすると、向こうか……」

聞き込みをつづけている伝次郎は、通りの西のほうに目を向けた。

「与右衛門があの長屋を出てから一刻（二時間）ほどです。もう遠くに行っているのでは……」

与茂七が額の汗を拭って言う。

「誰か見た者がいるはずだ。とにかく捜そう」

伝次郎と与茂七は、永代寺門前町と深川佃町《つくだちよう》、南松代町《みなみまつしろちよう》代地に聞き込みをかけてきたところだった。

まさか実家のある方角になる永代橋をわたったとは考えにくいからだった。それにしても、与右衛門を見た者がいない。もっとも、人は始終他人に気を取られているわけではない。よほど何か気になることや目につくことがあれば別だが、おのれのことしか考えない、それが普通の人間である。

永代寺門前仲町に入ったとき、伝次郎はすぐそばにある酒問屋に目を留めた。「粕屋」と看板にある。ここが、須永の妻が世話になっている店だったのか。そう思ったとき、粂吉が通りの反対側からやってきた。

「旦那、お琴の始末は町役《ちようやく》と自身番で差配することになりました。それで、与右衛門は？」

「見たという者がおらぬ。まさか、永代橋の向こうへ行ったとは思えぬが、とにかく聞き込みをしてみる。お琴の件の口書《くちがき》はあとでやろう」

伝次郎はそう言って歩き出したが、前方からやってくる女を見て足を止めた。

「……千草」

千草も伝次郎に気づいて小走りにやってきた。

「須永殿は？」

「出かけられていて会えないんです。ですが、ご新造がたしかにそこの粕屋にいらっしゃるのはわかっています。それより、与右衛門に似た男を見ました」

「なに」

伝次郎は目を光らせた。

「本人かどうかわかりませんが、ついさっき見たんです。人相書によく似ていたので、もしやと思い、しっかり確かめようとあとを追ったんですけど、見失ってしまい」

「どこで見た？」

「そこの横町から出てきて、八幡橋のほうへ歩いて行きました。爪楊枝をくわえていたので、近くの飯屋から出てきたんじゃないかしら……」

伝次郎がさっと粂吉を見ると、

「確かめてきます」

といって、摩利支天横町に駆けていった。

「それで、どうしてここにいるのだ？」

「須永さんのご新造は安産祈願に出かけていらっしゃるので、その帰りを待っているんです。そのうち、須永さんも見えるはずなんですけれど……」

「さようか。とにかくおれは仕事をしなければならぬ。与茂七、つづけるぞ」

伝次郎はそう言って与茂七をうながして、目についた店への聞き込みを再開した。

表に小さな屋台を出して飴を売っている男に声をかけているときに、粂吉が駆け戻ってきた。

「旦那、与右衛門は飯屋に立ち寄っています。店の女が間違いないと言いました」

伝次郎は一ノ鳥居のほうへ目を向けた。千草が見たのは与右衛門だったのだ。

その与右衛門は八幡橋のほうへ歩き去った。

（どこへ行ったのだ）

と、自問したとき、伝次郎はいやな予感にとらわれた。

もしや、生家である佐谷家に戻ったのではないだろうか。女四人を殺し、行方をくらましていた与右衛門は、お琴という女郎の家にしばらく居候《いそうろう》し、そしてそのお琴をも殺している。

お琴は殺されて半日以上はたっている。死体の状態からおおよその察しはつく。そして、お琴を殺した与右衛門は、その死体のそばで一晩過ごしている。尋常な人間にできることではない。

さらに生きるために逃げるのが人間だろうが、与右衛門はそんなことはしていない。見ず知らずの須永を襲ってもいる。

伝次郎はかっと目をみはった。もしや、与右衛門は、兄の三郎右衛門と婿養子の紹之助を殺す腹づもりなのかもしれぬ。まさかとは思うが、胸がざわついてきた。

「旦那、どうしたんです？」

粂吉の声で、伝次郎ははじかれたように粂吉と与茂七を振り返った。

「やつは佐谷家に戻ったのかもしれぬ」

「……なぜ？」

与茂七は目をしばたたくが、伝次郎はかまわずに歩き出していた。

「旦那、どこへ行くんです？」

「ついてこい」

伝次郎はさらに足を速め、亥ノ口橋のそばに舫っている自分の猪牙舟へ急いだ。

六

与右衛門は浜町堀に架かる栄橋《さかえ》そばの茶屋にいた。

橋の近くにある柳のそばに屋台が置かれている。蕎麦屋が夜になると商売をする屋台だ。それも古ぼけて、粗末な屋台の薄い板が剝《は》がれかかっている。

与右衛門はここに来て、いったん気を静めようと一服しているのだった。だが、気は静まることはなく、腹の内には憎悪という黒々とした感情が渦巻いていた。

橋をわたれば久松町《ひさまつちょう》だ。そこから実家である佐谷家の屋敷はすぐだ。おれが生まれ育った家だと、いまさらながらに思い返すが、思い出すのは腹立たしいことばかりである。

やはり江戸を去らなくてよかったと与右衛門は思った。いずれこうなるようになっていたのだと思いもする。

自分を蔑《ないがし》ろにした年の離れた兄・三郎右衛門への憎しみは抑えがたい。よくぞこれまで堪えていたものだと、おのれのことを思い、まったく馬鹿げたことだったと自分を卑下《ひげ》する。気に食わないことがあれば、面と向かって口答えすればよかったのだ。何故、おれは我慢していたのだ。

こうなったのも、何もかも兄・三郎右衛門のせいだ。

そして、入婿になった紹之助。図体《ずうたい》だけ大きい生意気な男。親しげな笑みを浮かべて声をかけてきたが、あの顔の裏で、あやつは小馬鹿にしていたのだ。

(部屋住みの叔父は、いつまでもうだつが上がりませんな)

口に出してこそ言わなかったが、おれにはわかっていたのだ。

脳裏に紹之助のにやついた顔が浮かぶと、振り払うように首を振った。

「お侍様、お茶のお替わりを」

店の婆が茶を汲み足しにきた。与右衛門は黙ってそれを見ていた。

「誰かお待ちになってらっしゃるので……」

婆がしわくちゃの顔を向けてきた。与右衛門は金壺眼を光らせて婆をにらんだ。

「考え事の邪魔だ」

邪険に応じると、婆は首をすくめて店の奥に下がった。

暗い空に舞う鳶が笛のような声を落としてくる。町屋のどこで鳴いているのかわからないが、目白のさえずりが聞こえてきた。

堀川沿いの道に生えている柳の枝葉が小さく風にそよいでいた。

（よし、行くか）

与右衛門は胸の内でつぶやくと、脇に置いていた村正をつかみ取って立ちあがった。そのまま腰に差し、茶屋をあとにした。

栄橋をわたり、久松町を抜けると、そこから先は武家地だ。

人に会うことはなかった。道が左右に分かれたところで、左に足を進める。この辺は目をつむっていても歩ける地である。

子供の頃はよく遊びまわった。年の離れた長兄・三郎右衛門と遊ぶことはなかったが、すぐ上の兄とは仲がよく楽しく遊んでいた。しかし、その兄は風邪をこじらせて早くに死んでしまった。

そうだ、あの兄が死んでから、おれは独りになったのだと、いまさらながら気づく。

村松町の通りに出ると、そのまま右へ進む。もう自分の実家は目と鼻の先だ。

門の前に立ち、息を吐いて脇戸に手をかけた。開かない。内側に閂《かんぬき》がかかっているのだ。

与右衛門は無言で門をたたいた。しばし待ったが何の返事もない。もう一度強くたたき、足で蹴った。

「どちら様でございましょう」

足音がしたかと思うと、そんな声が聞こえてきた。

「開けろ。与右衛門だ」

一瞬、短い間があった。与右衛門には屋敷の中間だとわかった。息を呑んで驚いているその顔が見えるようだった。

「開けぬか。大事な用があってまいったのだ。開けろッ！」

「お、お待ちを……」

恐る恐る脇の潜り戸が開かれた。

中間が逃げ腰で下がると、与右衛門はずいと屋敷内に踏み込み、自分のことを忌み嫌うような目で見る中間をにらみ据えた。

「何だ、その目は」

言うが早いか、腰の刀を抜くなり中間の胸を逆袈裟に斬った。

須永宗一郎は栗原重蔵と別れたあと、両国から深川に入って、菓子屋を探していた。だが、すでに訪ねまわった店ばかりで、新たな菓子屋を見つけることはできなかった。それに、だんだんおのれのやっていることが虚しくなった。

ここまでして妻を捜さなければならぬのか、という思いが募ってくるからだ。妻はあらぬ噂を信じ、ことの真偽を確かめもせず勝手に出奔したのだ。

そう思うと、腹も立ってくる。毎日毎日、足を棒にして捜しまわっているのに、いっこうに埒《らち》があかない。おまけに御番所の沢村殿の連れ合いにも迷惑をかけている。

ただ、気になるのは妻の友が腹に宿している子のことだ。それは自分の子である。このまま友に会うことができなければ、生まれてくるであろうその子にも会えない。そのことが気がかりでならない。

やはり捜すしかないのかと、滔々《とうとう》と流れている大川を眺める。川は暗い空にもかかわらず、ときどき光を放つ。上り下りしている舟もあれば、大川端からやってくる舟もある。

須永は新大橋の東詰に近い元町《もとまち》河岸にいるのだった。雁木《がんぎ》に腰を下ろし、さっきからため息ばかりをついていた。

もう妻捜しに疲れていた。捜す気力も失せていた。今日一日粘るつもりだったが、何もやる気がおきない。

(宿を払って、その足で国に帰ろうか)

そんな考えが浮かぶと、ますます妻捜しが億劫《おっくう》になった。また、ひょっとすると妻はすでに江戸にはおらず、国に帰っているのではないだろうかと考えもする。

「お侍様、舟待ちですか?」

声に顔を向けると、雁木の下にある桟橋に猪牙舟をつけたばかりの船頭だった。

「いや。そうではない」

「御用があればおっしゃってください」

船頭はそのまま雁木に腰を下ろし、腰の煙草入れから煙管を取り出して、煙草を喫《の》みはじめた。

ぼんやり新大橋に目を向けると、風呂敷包みをさも大事そうに抱え持って歩いてくる品のいい女がいた。身なりや歩く様子から察するに、武家の妻女のようだ。

（そうだ、千草殿……）

須永は困っている自分に力を貸してくれている千草のことを思い出した。今朝早く旅籠を出た自分を捜しているかもしれない。彼女は忙しいにもかかわらず、今日も友捜しを手伝うと言ってくれたのだ。

あの方にも妻捜しをあきらめて国に帰ると、伝えなければならぬ。須永は一度旅籠に戻ろうと考え、尻を払って立ちあがり、

「船頭、乗せてくれるか」

と、雁木に座っている船頭に声をかけた。

七

伝次郎は羽織を脱ぎ、小袖を尻端折りし、襷を掛けていた。滝のような汗が背中

を伝っていれば、額に浮かぶ汗が頬から顎へ流れしたたり落ちる。

猪牙舟はすでに浜町堀に入っていた。伝次郎は脇目も振らずに棹を操り、猪牙舟を急がせる。舳のかき分ける水が、波紋となって後ろへ流れていく。

棹を突き押すたびに、伝次郎の腕の筋肉が隆起《りゅうき》する。息が上がっていた。それでも休まずに棹を突き立てては押し、引きあげてはまた反対側の川底に突き立てて押す。そのたびに猪牙舟は、グイッ、グイッと前に進む。

「旦那、代わりましょうか」

与茂七が見かねて言う。これで三度目だったが、伝次郎は応じなかった。それに目当ての場所はもうすぐだ。

高砂橋をくぐり抜けると、もうひと漕ぎ二漕ぎし、猪牙舟を惰性にまかせて栄橋のそばにつけた。

「急げ」

伝次郎が河岸道にひらりと跳び上がると、与茂七が手際よく猪牙舟を舫い、あとについてくる。早足でついてくる粂吉が、

「果たして、いるでしょうか？」

と、疑問を口にする。

「いないほうがいい。もし、おれの勘があたっていれば、また血の海を見ることになる」

伝次郎はぐいっと口を引き結び、双眸《そうぼう》を光らせる。歩きながら乱れた呼吸を整える。それでも汗は引かない。

佐谷家の門前にやって来た。門は閉まっている。脇の潜り戸を見ると、小さく開いている。伝次郎はその扉を開いた。瞬間、凝然と目をみはった。

中間とおぼしき男が倒れていたのだ。胸を一刀両断され、仰向けになっていた。薄く開いた両目は暗い空を映し取ってはいるが、その目は虚《うつ》ろで光を失っていた。

「御免《ごめん》！　失礼つかまつります！」

伝次郎は声を張ると、そのまま玄関に向かった。戸は開け放されている。声をかけたが、返事はなかった。

「佐谷様！　殿様！」

玄関に立ち、声を張るが、屋敷内は沈んだように静かである。庭の木々で鳴いている鳥の声しかしない。

「佐谷様！　いらっしゃいませぬか！」

土間に足を踏み込み、式台の先から座敷のほうに目を向ける。そのとき廊下の奥を目隠ししている暖簾が風に吹かれてめくれた。その隙間に倒れている女の姿があった。飯炊きの女中のようだ。

伝次郎はもう一度声を張った。

「殿様、殿様！　三郎右衛門様！　紹之助様！」

無言である。

「旦那！」

与茂七の声だった。声は縁側のほうから聞こえた。伝次郎がそっちにまわり込むと、広座敷に三郎右衛門が倒れていた。

伝次郎は雪駄を脱ぐのももどかしく座敷に上がり込んで、三郎右衛門を見た。すでに息絶えている。首のつけ根をざっくり斬られ、腹を突かれていた。畳に真新しい血溜まりがあり、唐紙に赤い模様のような血痕が走っていた。

伝次郎は座敷の奥、そして土間先に目を光らせて耳を澄ました。物音もしなければ、人の気配もない。

「紹之助様！」

もう一度呼びかけたが、やはり返事はなかった。

伝次郎はさっと庭を振り返った。その形相に、与茂七がどうしたのですと聞く。

「表だ」

伝次郎は言うなり屋敷から駆けだした。

紹之助は下勘定所詰の伺方である。当番日なら大手御門内の役所に勤めている。与右衛門はその帰りを待ち伏せしているのかもしれない。

浜町堀の河岸道に出ると、どっちだと視線をめぐらした。下勘定所へ行くには、千鳥橋をわたって新大坂町《しんおおさかちょう》、田所町《たどころちょう》と抜けて行く道筋が最も近いはずだ。

伝次郎は堀沿いの道を千鳥橋へ向かって歩いた。周囲に目を配る。河岸道にある商家にはのんびりした風情がある。風にそよぐ柳の葉がゆっくり揺れている。

天秤棒を担いだ魚屋と擦れ違えば、小さな風呂敷包みを持った町娘が脇の路地から出てくる。古着屋の暖簾をかき分け出てきた町人がいる。

伝次郎はゆっくり歩きながら、立ち止まっては路地奥に目を光らせる。堀川の反対側にも目を凝らす。

「旦那……」

条吉だった。

「殿様では……」

伝次郎は条吉が見ているほうに顔を向け、ぴくりと片眉を吊りあげた。

佐谷紹之助が通油町《とおりあぶらちょう》のほうからやってくる。小者をひとり供につけているが、勤めに出る肩衣半袴《かたぎぬはんばかま》ではない。今日は非番だったのだ。

紹之助は六尺ある偉丈夫《いじょうふ》なので目立っている。その姿がだんだん近づいてきた。

「旦那……」

与茂七が伝次郎と紹之助を交互に見て言うが、伝次郎は注意の目を町屋の路地や、長屋の木戸口に注ぎながら足を進める。紹之助との距離が詰まってくる。

千鳥橋のそばまで行ったときだった。一軒の店から飛び出した黒い影があった。

伝次郎ははっとなって立ち止まった。黒い影は浜町堀の右岸を歩いてくる紹之助に向かっていった。

「いかん!」

伝次郎はそのまま走った。黒い影は与右衛門だ。刀を腰だめにして、紹之助に突進している。それは伝次郎のいる浜町堀の対岸である。

紹之助が異変に気づき立ち止まった。突進してくる与右衛門に気づいたらしく、刀を抜いて身構えた。

刹那《せつな》、与右衛門が地を蹴って斬りかかった。

紹之助は左へ打ち払ってかわすと、そのまま逃げるように駆けた。与右衛門がそのあとを追う。

「紹之助様！」

伝次郎は声を張って千鳥橋をわたる。

やってきた大八車とぶつかりそうになったが、危うくかわして駆ける。与右衛門の背中が前にある。逃げていた紹之助が振り返って刀を青眼《せいがん》に構えた。追っていた与右衛門も立ち止まって、右八相《はっそう》に構える。

「与右衛門！」

伝次郎の声で、与右衛門が振り返った。金壺眼が見開かれる。

「三郎右衛門様を斬ったな」

伝次郎は間合いを詰める。

「殿様、お下がりください。ここはわたしが相手をいたします」

伝次郎は紹之助に声をかけ、さらに与右衛門との間合いを詰めた。

「おのれ……」

牙を剝くような顔で与右衛門が声を漏らし、伝次郎に向き直った。その手には千子村正がにぎられている。抜き身の刃が鈍い光を放っていた。

「邪魔立て無用！」

与右衛門が吠えるような声を発して斬りかかってきた。

八

伝次郎は井上真改《いのうえしんかい》二尺三寸四分を鞘走《さやばし》らせるなり、与右衛門の一撃をすり落とし、逆袈裟に振った。刃風をうならせる刀は空《くう》を斬った。

与右衛門が一間（約一・八メートル）ばかり跳びしさって、平青眼に構える。

伝次郎も中段に刀を下ろし、摺り足でじりじりと間合いを詰める。与右衛門も詰めてくる。伝次郎は静かに息を整えながら、柄をにぎる手の力を抜く。

与右衛門はわずかに右にまわる。伝次郎はその動きに合わせて剣尖《けんせん》を移す。周囲に人の目が増えているのを感じたが、伝次郎は眼前で牙を剝いている与右衛門に集中していた。

与右衛門がさらに右にまわり、間合いを詰めてきた。伝次郎が来ると思った瞬間、与右衛門が鋭い突きを送り込んできた。半尺下がっていなし、即座に左肩口を狙って撃ち込んでいった。

キーン！

与右衛門は伝次郎の一撃を撥《は》ね返した。与右衛門の脇が空いた。

その隙を狙って斬り込んでいったが、何ということか鍔元《つばもと》で受けられ、すくうように足を払い蹴られた。まったくの油断だった。

伝次郎の体がよろけ、倒れまいと踏ん張ったときに、与右衛門が正面から撃ち込んできた。伝次郎の背後は浜町堀、右横には柳の木があった。とっさに半身をひねるようにして左へかわしたが、与右衛門は休まずに斬り込んでくる。

伝次郎は体勢が悪い。思わず両手を地面につきそうになった。

「旦那！」

与茂七が叫んだが、伝次郎は撃ち込んできた与右衛門の刀を、片手で払った。だが、与右衛門の刀に勢いがあり、伝次郎の手から愛刀がこぼれた。

伝次郎ははっと両目をみはった。与右衛門の片頰に余裕の笑みが浮かぶ。伝次郎は脇差を抜いた。

与右衛門が恐れずに詰めてくる。伝次郎はにじり下がりながら隙を窺《うかが》うが、脇差では頼りない。だが、この窮地を脱出するためには脇差しかない。

相手は妖刀村正だが、それを恐れては自分が斬られる。

伝次郎は脇差を青眼に構え、与右衛門の撃ち込みを受けるように立った。与右衛門の金壺眼は凶器じみた光を帯びている。

「乱心されたか、叔父上！　刀を引いてくだされ！」

紹之助が与右衛門の背後から声をかけた。

そのことで一瞬、与右衛門に隙が見えた。伝次郎は懐に飛び込むように斬り込んでいった。だが、与右衛門の刀が左斜め上方から撃ち下ろされてきた。

伝次郎は体の均衡を崩しながらかろうじてかわした。そのことで立ち位置が逆になった。

「旦那！」

与茂七の声が飛んできた。

同時に宙を舞う長いものがあった。仕込み棹だ。

伝次郎は与茂七の投げた棹をつかみ取って、一間下がった。脇差を鞘に戻し、棹を地面と水平に構えた。

与右衛門の片頰に、人を食ったような笑みが浮かんだ。そのままじりじりと詰めてくる。

伝次郎は両足を大きく広げて、攻撃を待つ。武芸に秀でた者は、相手が攻撃に移る瞬間に隙を見抜く。

伝次郎は鷹のような目を光らせ、静かに息を吸う。

与右衛門の右踵《かかと》が浮き、刀が上段に上げられた。そのまま撃ち込んでくると感じた一瞬、伝次郎は仕込み棹を左右に開くように抜き、仕込まれた刃のある棹を両手で持つなり、斬りかかってくる与右衛門の太股を払い斬った。

「うぐッ」

短いうめきを漏らした与右衛門がよろけて下がった。

伝次郎は間髪《かんはつ》を容《い》れずに間合いを詰めると、与右衛門の右肩下に仕込み棹を突き入れた。

「うぐ、うぐッ……」

与右衛門の金壺眼が大きく見開かれ、片膝をついた。手にしていた村正が、カチャと音を立てて地面に落ちた。同時に与右衛門の体が右に倒れた。それでも、荒い息をしながら起き上がろうともがいた。

「これまでだ。観念いたせ」

伝次郎が仕込み棹を引き、与右衛門を見下ろしたとき、静かに近づいてきた紹之助が、

「妻の敵」

と、うめくように刀を撃ち下ろした。

「ぐわッ」

強烈な一撃を受けた与右衛門の後ろ首から血飛沫が散り、今度こそ横に倒れた。

伝次郎は与右衛門を斬り捨て、残心《ざんしん》を取っている紹之助を驚いたように見た。

「乱心者は容赦せぬ」

紹之助はゆっくり刀を下げ、

「沢村殿、かたじけのうござった」

と、頭を下げた。

「この始末はいかがされます。与右衛門は深川の女郎を殺し、さらに殿様の留守の間に屋敷に入り、三郎右衛門様と中間と女中を殺しています」

「なんと……」

紹之助は信じられないように目をみはり、

「それはまことか？」

と、伝次郎をまっすぐ見た。

「お帰りになればわかります」

「なんということを、なんということを……」

紹之助は唇を引き結び、悔しそうに首を振った。

「旦那、刀を……」

伝次郎の刀を拾った粂吉がそばに来てわたしてくれた。

紹之助は息絶えている与右衛門を見ていたが、

「沢村殿、お願いがござる。ここに横たわる乱心者は、人殺しの罪人ではありまするが、わたしの叔父でもあります。この後の始末は佐谷家にまかせていただけませぬか」

「それは……」

「いや、公儀目付にもその旨《むね》、話をいたします。沢村殿の手柄ではありますが、ご迷惑のかからぬよう取り計らいます故、無理を承知で何卒《なにとぞ》お願いできませぬか」

紹之助は真摯《しんし》な目を向けてくる。伝次郎は紹之助の申し入れを受け入れればどうなるかと、忙しく考えた。

口上書は取らなければならぬだろうが、与右衛門は浪人身分であっても旗本家の血筋、さらに佐谷家で事件を起こした罪人である。町奉行所は武家の犯罪を管掌していない。奉行の筒井も理解を示すに違いない。

「承知いたしました」

伝次郎が答えると、紹之助はふっと頬をゆるめ、与右衛門の死体を屋敷に運ぶのを手伝ってくれと頼んだ。

九

伝次郎は佐谷家で改めて、紹之助からことの次第を順を追って聞き返した。筒井奉行に報告する口上書を取るためである。

それが終わると、約束通り、あとの始末を紹之助にまかせて佐谷家を出た。

「これで終わりですか……」

与茂七がどことなく納得いかない顔を向けてくる。

「考えてみれば無駄が省けたことになる。それに、こういうこともあるのだ」

「与茂七、旦那のおっしゃるとおりだ」

粂吉が言葉を添えると、与茂七もようやく得心したようにうなずいた。

「おまえたちはこのまま帰ってよい」

伝次郎が言うと、粂吉と与茂七が同時に顔を向けてきた。

「須永殿のことが気になっているのだ。様子を見に、深川へ行ってくる」

「それじゃ、おいらも」

与茂七がねだるように言ったが、伝次郎は首を振って、

「おまえは帰って待っておれ」

伝次郎はそう答えて、そのまま自分の猪牙舟に乗り込んだ。

曇っていた空に晴れ間がのぞいてきたのは、伝次郎が大川をわたり、油堀の亥ノ口橋そばに猪牙舟をつけたときだった。

あとで永代寺門前山本町の自身番に立ち寄り、与右衛門の始末について詰めている町役らに説明をしなければならない。しかし、そのことは後まわしにして粕屋に足を向けた。

馬場通りに出たとき、粕屋の前に立っている千草を見つけた。千草は伝次郎には気づかず、通りを眺めている。その隣には見知らぬ女がいた。

「あ、あなた……」

ようやく伝次郎に気づいた千草が、目をみはって歩み寄ってきた。

「お役目はどうなさったのです?」

「片づいた。それより、須永殿は?」

「それが朝から会えずじまいなのです」

「どういうことだ」

「わたしが小野屋に行ったときには、須永様が出かけられたあとだったのです。どこへ行かれたのかわからないのですが、旅籠にはその旨《むね》言付けをしているのですけれど」

そう言った千草は、はたと思いついたように、背後に立っている女を振り返って、伝次郎を紹介した。女は須永の妻・友だった。すらりとした体つきだが、腹のあたりが大きくふくらんでいた。

「お話は伺いました。いろいろとお世話になり、ご迷惑をおかけしています」

友は丁寧に腰を折って挨拶をした。

「わたしは何もしておらぬが、ご亭主の話はお聞きになっているのですな」

「はい。すっかり千草さんから伺いました。何もかも至らぬわたしのために、ご迷惑をおかけいたしまして、申しわけございません」

「ふむ。しかし、須永殿はどうされたのだろう」

「もう半刻以上は待っているのですが……」

千草はそう言って通りに目を向ける。

「まだ旅籠に帰らず、菓子屋を探しているのでは……」

「わたしもそう思ったんですけれど、深川はほとんどあたっていますからね。ひょっとすると、本所のほうまで足を延ばしていらっしゃるのかもしれません」

千草がそう答えたとき、店のなかから女があらわれ、

「そこで待っていてもしかたありませんよ。店のなかで待ったらどうです。姉さん、そうしなさいな」

と、声をかけてきたのは、友の妹・お才だった。姉に似ていず小太りだったが、愛嬌のある顔をしていた。

「千草さん、そうしましょう」

友は千草をうながし、そして伝次郎にもそうしてくれと言った。

「いや、それならわたしは用をすませてこよう」

伝次郎は誘いを断り、先に永代寺門前山本町の自身番に行こうと考えた。そのとき、千草が一ノ鳥居のほうを見て声を漏らした。

「須永様が見えたわ」

店に入りかけていた友が慌てたように戻ってきた。お才も店のなかから出てきた。

須永が伝次郎たちに気づき、そして友を見て立ち止まった。

「あなた……」

友がよろけるように数歩前に出ると、須永が駆けるように近づいてきた。手甲脚《てっこうきゃ》絆《はん》に草鞋《わらじ》履き、そして振り分け荷物を持った旅装束だった。

「友……」

須永は妻を見つめると、そのままがっと肩を抱いて引き寄せた。

「すまなかった。おのれの至らなさが変な噂を立ててしまった」

「いいえ、わたしが気短にも癇癪《かんしゃく》を起こしたからです。妹にそのことを切々《せっせつ》と諭され、わたしの短慮《たんりょ》がいけなかったのだと思い知らされました。それに千草さんから、どれだけあなたがわたしのことを……」

友はそこで言葉を切ると、肩をふるわせ大粒の涙を頬に伝わらせた。その背を須永がやさしくたたくように撫でる。

「おまえが謝ることはない。わたしの至らなさだ。すまなかった。すまなかった」

友はその言葉にまた胸を打たれたらしく、咳き込むように泣いた。

「それで腹の子は……」

須永は少し友を離して、ふくらんでいる腹を眺めた。

「元気です。わたしのお腹を蹴るのです」

「そうかそうか」

須永は目をうるませてうなずく。

伝次郎が隣を見ると、千草がもらい泣きをして、袖で目を拭っていた。お才も目の縁を赤くして姉夫婦を見ていたが、

「さあ、姉さん、宗一郎様、そんなところにいたら人の邪魔です。店に入ってください」

と、うながした。

須永と友はわかったとうなずいたが、すぐに伝次郎と千草に顔を向け、

「縁のない手前どもへのご親切痛み入ります。おかげでこうやって会うことができました。沢村さん、千草殿、ありがとう存じます」

「そんなことはどうでもよいのです。友さん、須永様といっしょにお帰りになるのね」

千草が友を見て聞いた。

「はい、わたしのことを思う夫の気持ちが身にしみてわかった以上、もう我《わ》が儘《まま》は言えません。それにわたしのために怪我までして……」

友ははたと気づいたように、須永を見て、怪我はどうなのですかと聞いた。

「さいわい浅傷《あさで》であったし、沢村さんの手当てがよかったので心配はいらぬ」

「沢村様、ほんとうにご迷惑をおかけしました」

友は伝次郎に向き直ってもう一度頭を下げた。

「さ、姉さん、宗一郎様……」

暖簾をめくりあげたままお才が誘いの声をかけ、伝次郎と千草にも寄っていってくれと言った。

「いや、わたしは用がある故、遠慮する。ともかく二人がこうやって会えてよかった」

伝次郎がやんわり断れば、

「わたしも店がありますから、ここで失礼いたします」

千草もそう言って遠慮し、言葉を足した。

「須永様、どうかお達者で。それから友さん、元気な赤ちゃんを産んでください」

「ありがとう存じます」

友は目に涙をためてうなずいた。

「では須永殿、道中お気をつけて」

伝次郎はそのまま千草といっしょに粕屋の前を離れた。

そのとき、雲の隙間から筒状の光が、さあっと江戸の町に落ちてきた。

「よかったです。ほっとしました」

千草が胸を押さえながら安堵の声を漏らす。

「千草、徳を積んだな」

「いいえ、人としてやることをやったまでですわ」

「さようか」

「さようです」

千草が微笑んで伝次郎を見てきた。伝次郎も微笑みを返して、

「近くの番屋に用があるので、ここで去《い》ぬぞ」

「ご用は長くかかるのですか？」

「さほどかかりはせぬ」

「では、わたし近くで待っています。いっしょに帰りたいもの」

そう言った千草が、そっと身を寄せてきた。もし、これが人気のない夜であったなら、伝次郎は肩を抱き寄せていただろうが、

「よかろう」

と、その代わりになる返事をした。

光文社文庫

文庫書下ろし／長編時代小説

一《いち》撃《げき》　隠密船頭《おんみつせんどう》（五）

著者　稲《いな》葉《ば》　稔《みのる》

2020年7月20日　初版1刷発行

発行者　鈴木広和
印刷　新藤慶昌堂
製本　ナショナル製本

発行所　株式会社 光文社
〒112-8011　東京都文京区音羽1-16-6
電話 (03)5395-8149　編集部
8116　書籍販売部
8125　業務部

ISBN978-4-334-79061-5　Printed in Japan

組版　萩原印刷